教學不易，請溫柔以對

The Gentle Art of Teaching

目錄 Contents

序一

發光的翅膀◎衣若芬

黑板和粉筆，曾經是我童年的玩具。

爸爸撿了一塊木板，塗上黑色的油漆，不知道哪裡找來的斷裂或剩餘粉筆頭，我便在家門口當起了「小老師」。我的「學生」是弟弟妹妹和他們的玩伴，我在黑板上寫字，他們拿碎磚片在地上照著畫。

那塊黑板可能是人家廢棄衣櫥的門板夾層，薄而輕，邊角參差破損，會扎手。我坐在小板凳，把它平躺在大腿和膝頭，寫好字以後豎立起來，讓學生看，跟著我讀，然後用舊報紙擦掉。

黑板表面粗糙，紋縫間不久就堆積了嵌陷的粉筆灰。我的學生們一點兒也不聽話，這種家家酒對他們而言很無聊，我也不能像真的老師板起面孔罵人、打手心，要哄著他們陪我玩。黑板的字越來越模糊，學生們照著畫不出個所以，我也只好下課了。

現在，我的黑板換成了白板，有彩色的白板筆讓我寫畫，我卻用得不多——我說的內容在投影的螢幕，臨時補充時才使用白板筆。即使我是真的老師，也不好板起面孔罵人，更別提打手心……我想和學生們好好一起玩，玩轉文學、圖像、古今中外。

教育是從「不知」到「知」的變化過程。廣泛地說，凡是教我們學會、明白什麼事情的，都算是老師——「三人行，必有我師」啊。「老師」還成為當今社會的尊稱，不說「先生」、「女士」，叫「老師」準不會招來白眼。

一直覺得老師是一種挺特殊的職業，在學校、補習班、培訓中心等地授課的老師，和演藝人員一樣，需要舞台和觀眾。商人的貨物擺置門店，沒有顧客，商人還是商人。老師呢？沒有學生的話，老師沒有必要存在。沒有教學的時空場景，無以發揮所長。

從事教職的朋友上課時，感嘆說道：「以前我嚮往當廣播電台的主播，聽眾一邊做自己的事；一邊聽我說話—嗯，原來在教室裡，也可以有當主播的感覺。」

老師是被學生定義的。大學老師和中學、小學老師，雖然學歷不一，差別主要在於學生的年齡和講授的知識程度，我們卻總免不了有高低偏見。學生的成績和課外表現，也被用來「證明」老師的能力和水平。有老師的成就感建立／依賴於學生，所以最好教明星學校、教優秀的班級。1990年我開始在大學執教，一年級學生必修「國文」課程，我被分派教工學院，上課時間是上午第一和第二節課。可想而知，一大早趕來，上非本專業的必修課，很多學生睡眼惺忪，精神萎靡。假如天氣不佳、教材是文言文，需要腦力解讀，更需要真的感謝學生們大駕光臨了！

後來我知道，資深老師挑選教醫學系國文課，就算學生不來教室，以他們高中時的基礎，考試及格並不費力。相對的，我這種「菜鳥」老師就多多磨練去「上工」。個中的酸甜苦辣，我寫在散文集《青春祭》裡，算是給自己職業新手的紀念冊。

有位長輩因我的感言，寫了文章回應，意思是我因「年輕貌美」，容易和學生打成一片，初次教書如初戀，滿懷熱情。然而，僅憑熱情能持久嗎？享受教室裡的掌聲，就是「受歡迎」、「教得好」嗎？

的確。需要時間來檢驗。

我在俊賢的散文集《教學不易，請溫柔以對》裡，看到了青年教師的熱血、困惑和反思。俊賢面對的師生、師親（家長）、同事的關係有些比我當年還多樣，他一一掌握，悉心處理，時有令我同感和會心之處。

想像自己插上發光的翅膀，描述眼下文化的美景，召喚大家飛升遊賞，然後選擇降落安身的地點。我慶幸自己的翅膀還有光芒，那是像俊賢這些學生們持續給予我的熱能。我也期許俊賢的新書能散發它的熱能，隨著俊賢發光的翅膀，帶領更多讀者，一覽華語文教育的海納百川。

序者簡介：

衣若芬副教授，現任教於新加坡南洋理工大學，前中文系系主任（2014－2016）。新加坡《聯合早報》特邀專欄作家。新加坡政府註冊社團「文圖學會」創始人暨榮譽主席。

序二

學習不易，請智慧以對！◎曾裕真

陌生來訊，該如何以對？

不久前，收到一封陌生的簡訊。因內容誠懇，不疑有他，於是展開了一場隔空的教育接觸……

「我是俊賢，目前在新加坡一所高中擔任華文老師。透過您熟識的人取得臉書聯繫方式，希望不會打擾您。」俊賢老師表示，幾年前，末學在新加坡分享親子和校園教師講座時，他曾擔任主持人；並告知，曾在台灣參加過我們辦理的慈濟教師聯誼會營隊。尤其是末學的拙作《從0到1的愛》，對其教育理念與教學方法，有深遠的影響。因計畫於今年在台灣出版第一本繁體教育書籍《教學不易，請溫柔以對》，想邀請末學寫推薦序。

「不知道我是否有這個榮幸？寫推薦序，是否該找更知名的教育專家？我寫的序，有實質意義嗎？感恩您的厚愛！」本人受寵若驚，予以婉拒。但最終，仍經不起俊賢老師的「讚嘆催眠戰術」——「您的那本書，真的是我認為寫得很好的一本教育寶典，很多時候在教學遇到挫折或困難的時候，我都會再三翻閱，尋找老師的那種智慧和愛心。請老師寫推薦序，純粹是被您的書和分享感動！畢竟您的推薦和認可，將對我的第一本書特別有意義。」所以，結論是——以後接到陌生的來訊，請謹慎以對！

歡喜閱讀，秉誠心以對！

歲末甚忙，但既然已答應，就誠心完成所託。近一周，利用空檔，拜讀俊賢老師的大作。閱畢，對於這位有理念、有方法、有原則，剛柔並濟、軟硬兼施且歡喜教學的年輕老師，給予高度肯定！雖然新加坡的升學制度、教育模式、教學方法等，與末學的台灣經驗不盡相同，但「希望成為一位有影響力的老師」的核心價值，實是不謀而合！

此書分為五個篇章，各有其收編意涵：

同學，希望你知道：

教育甚難，難在教人，而非教書。遇到學生問題，就當是修行，也是學習。

借力使力，讓教學有亮點：

在學生不甚感興趣的華文課程，加入創意與巧思後，竟可事半功倍。

你想知道的，新加坡老師：

如實表達對新加坡現代化教育的肯定，也提出對於應試制度的憂心。

掌聲，是給自己的溫柔提醒：

是非當教育，讚美作警惕；在教學上的努力若被肯定，也要謙卑。

謝謝您，我的老師們：

以思慕、感恩之情，回顧自己在求學階段所遇到的貴人老師們及其影響。

閱讀當下，劃了不少有共鳴的片段，礙於篇幅，僅能分享一二：

〈誰來當老師〉：「『必要劇場』（The Necessary Stage）最近於網上播放往年的劇場作品，2017年製作的《Those Who Can't, Teach》。英文有一句諺語『Those who can do, do. And those who can't do, teach.』這句諺語有點低估教育的價值，甚至帶有一點歧視的意味。我一直認為這個劇名取得真好『Those who can't, teach』，可以直譯為『那些沒能力的才去教書』，也可以把逗號拿掉，意譯為『教書並不是一件人人都可以勝任的工作』」。

〈那一道光〉「回來學校教書，覺得自己有進步的地方並不是什麼教學方法，還是課室管理能力，而是看待學生的『眼光』。……現在能夠把自己看得『更輕』，也把學生看得『更清』。教育的意義是什麼？有些人認為是要考好成績，取得好成就；我認為是點燃希望，尤其是遇到迷惘的折翼天使時，更要適時地幫他點亮那一道光。」

學習不易，請智慧以對！

誠如俊賢老師在〈背叛〉一文中所述，在他花了很長的一段時間，輔導一位行為偏差的R同學，當一切看似往「好的方向」前進時，卻突然收到R同學的一則簡訊：「老師，你背叛了我的信任！」。俊賢老師因「過度用心」而誤踩了R的地雷，而這1分不慎，竟大如失去99分？為什麼？因為，這就是教育！

嚴格來說，並不是老師犯了什麼大錯，而是看似叛逆的孩子，都深藏著一顆玻璃心，他們最討厭的不是別人，而是自己；因為對自己的不滿意，轉嫁為對別人的不信任。他們不斷試探老師的底線，在製造層出不窮的難題給老師的背後，最終只是想證明——你，也跟別人一樣。而得到這個結論，最受傷的就是——他自己！

所以，老師們！在從事「教」心「育」人的工作時，千萬不要放棄，因為，孩子並沒有放棄我們，真的！願意不停考驗我們的孩子，其實是接受我們的，甚至是喜歡我們的，他們對於想放棄的人，是冷漠的、無言的、沒有反應的。一個孩子，之所以變樣，要探討的原因很多，但我深信，只要我們堅持自我，跟別人不一樣，孩子最終還是會放下武裝，願意試著接受自己、信任老師，畢竟，對這些孩子來說——學習不易，所以，我們要智慧以對！

序者簡介：

曾裕真，社團法人桃園市 MAP 美途公益協會理事長，前慈濟大學附屬高級中學學務主任。

自序

教學不易◎李俊賢

老樹　甲對乙說：為什麼我老是走啊走啊走不完？

乙對甲說：因為你在走圓圈。

甲對乙說：那我直著走，為什麼我直著走也走啊走不完？

乙對甲說：因為根本沒有完。

姑娘　沒有完，那為什麼還要走呢？

老樹　要是有完，就不需要走了。

這段對話取自於新加坡已故劇作家郭寶崑先生所寫的劇本《傻姑娘與怪老樹》中第六幕裡的一小段，每次教到這個段落，其實內心都會被震了一下。這段話其實好有禪機、好有人生道理啊！每次讀到這段內容的時候，都會覺得越讀越有意思，每次都有不同的體悟，而我也更好奇學生們會怎麼理解甲和乙、姑娘與老樹的對話。

在課堂上，大多數的學生都會害羞地低著頭，畢竟在這個17、18歲的年齡層，他們非常害怕回答問題。有時候不想開口，是因為怕回答不好，等下丟了面子；有時候則是怕回答得太好，承受不了同學們羨慕或者擠兌的眼光，更擔心以後會一直被老師點名來回答問題。

身為老師的我要怎麼做呢？這個問題其實有兩個層面，第一個層面就是這段劇本里的對話到底是什麼意思，我們要如何解釋這個段落給學生們聽？另一個要思考的層面則是，老師要如何引導同學們去構思答案，然後把想法化為語言甚至文字，而這就是教學中我們常提到的：「讓思考變得可見」（Making Thinking Visible）。第一個層面是關於教學的內容掌握，而第二層面則是教學法的修煉。

單單一個段落的教學，老師要掌握的方面是非常多的。而且面對不同批的學生，他們有著不同的學習動機以及個性，因此每一次的教學都要不斷地調整、不斷地嘗試。而這些難處和挑戰其實就帶到了本書書名的前半部分「教學不易」。

如果你是課堂上的老師，你又會如何教這一段呢？我是這樣開始的……

我先問同學們，在他們的生活中，什麼東西是無止盡而且是永遠無法完成的？大家異口同聲地回答：「功課」！很好，那我們把「甲和乙」的對話，換成「同學和老師」，把「走路」換成「做功課」，你們看一下：

同學對老師說：為什麼我功課老是寫啊寫啊寫不完？

老師對同學說：因為你在作同樣的功課。

同學對老師說：那我換功課做，為什麼我換功課做也做啊做不完？

老師對同學說：因為根本沒有完。

同學：沒有完，那為什麼還要做呢？

老師：要是有完，就不需要做了。

看到這裡，不知道你笑了嗎？不過我只要在課堂上分享到這個部分，同學們都會笑了，而且笑得很開心。當同學們笑的時候，課堂的氣氛就融洽了，他們就會開始發表意見甚至搶著回答問題。大家可以看到我並沒有直接回答問題，我只是用同學們能理解的例子去重新包裝我的問題。同學們笑的時候，他們的心情是放鬆的；當他們的心情放鬆時，他們就願意去交流、去思考，透過腦力激盪來尋找答案。

我從不罵我的學生：「為什麼沒有人要回答問題」或者在課上堅持「好啊，沒人回答我的問題我就不繼續教下去」，因為我知道有些問題很難回答，有時候連身為老師的我們都難以回答。當老師時常要求學生在課上有所反應時，卻忘了以同理心去包容他們的束手無策、有口難言。而這些課堂上可以運用的小技巧並不是什麼教學理論，而是身為老師所應懷有的一種心態，對自己也好、對學生也好，我建議都要「溫柔以對」。

「**教學不易，請溫柔以對**」並不是什麼心靈雞湯的口號，而是這幾年我在課室裡、課室外的心得以及收獲。教學不易，所以我們不斷學習；溫柔以對，所以師生之間就會有多一點的體諒和善解。

本書分為五個部分：（一）同學，希望你知道；（二）借力使力，讓教學有亮點；（三）你想知道的，新加坡老師；（四）掌聲，是給自己的溫柔提醒；（五）謝謝您，我的老師們。這五個部分的文章，都是我腦海中深刻的體驗和記憶，如今終可化為文字與大家分享，實為興奮之事。

謝謝新文潮願意與我合作出版這本書，更要謝謝許多老師、朋友們的拔「筆」相助，幫我寫推薦序、推薦語，甚至幫我進行文字校對。這是我的第一本書，書中若有什麼疏漏或者不當之處，還請大家多多指教。如果你覺得這本書的內容有打動到某個內心深處，歡迎您與我進行教學上的交流，也歡迎大家向身邊的親友分享，多多推薦這本《教學不易，請溫柔以對》，謝謝！

同學，希望你知道

與雪相逢

凌晨 01:36「到家了嗎？」
凌晨 02:10「剛到，呵呵。」
凌晨 02:10「好的，早點休息！」
凌晨 02:10「老師，您也是，謝謝老師！」

看著團裡最後一位同學所傳來的訊息，大家都平安到家了，心中像是放下了一塊大石頭，原本僵硬的肩膀也垮了下來，頓時輕鬆了不少。原本為期十五天的浸濡團，因為回程班機的延後，抵達新加坡時已經是跨入第十六個日子。到家漱洗過後，看看鏡中的樣子，黑眼圈深了一些，頭髮也白了不少。

這次臨危受命幫忙帶學生出國參加浸濡團，最具挑戰性的是，我從來沒有教過這些學生。除此之外，我還要和這批「陌生」的學生在國外朝夕相處長達半個月的時間。這次的行程安排十分緊湊，先從新加坡飛到台北，五天過後再飛往北京，最後再從北京飛回新加坡。十二月的台北，氣溫早已下降，而北京更是寒冷。還未出發，我就已經繃緊了神經，特地去買了一支可以量額溫的體溫計，準備每天幫大家測量。

猶記得第一天的行程是抵達台灣後去吃晚餐，然後前往士林夜市讓同學們參觀。是的，關鍵字是「參觀」，意指只能看和拍照，但是不能購買任何食物。看著學生們失落地撅起嘴，雖然覺得不捨，還是覺得這群大孩子們有點好笑。幸好到達夜市後，學生們的精神又回來了，雖然不能吃，他們仍然穿梭在各攤位瘋狂拍照上載IG，有些同學看到我還興奮地說：「老師，我聞到幸福堂和老虎堂的黑糖珍珠奶茶了！」

看到他們如此饞嘴的可愛模樣，我答應他們只要好好表現，每次集合都不要遲到，我就去幫他們尋找台灣特有的珍珠奶茶口味巧克力，一人一小包當作鼓勵。果然年輕人禁不住甜點的誘惑，一小包的巧克力，就打破了原本師生間的藩籬，拉近了彼此的距離。

台灣除了是美食天堂，更是一個擁有豐厚文化資產的聚集地。這次的台灣之行，學生們除了品嚐不少台灣美食，還參觀了國立故宮博物館、台北國際藝術村寶藏巖、松山文創園區、青田七六，更觀看了布袋戲的表演。更重要的是，他們還去了兩間高中和台灣大學中文系上課，收穫頗豐。

課堂上的學習和交流，都是知識層面上的收穫。但對於這群大孩子們來說，知識上的收穫再多都不及人生中的第一場雪所帶來的震撼。

在台灣的時候，綿綿細雨，同學們最多只是哼唱周杰倫的「聽見下雨的聲音」；沒想到到達北京的第一個行程，參觀紫禁城，許多同學就被寒冷刺骨的天氣凍到蹲在地上不停打哆嗦，當時的氣溫已經接近零下。晚飯後，天空漸漸飄起白色的細雨，「哦不，那是雪！」同學們喊道。話音剛落，許多同學就沖去餐廳外頭迎接人生中的第一場雪。他們叫著、跳著，或許這就是年輕人對雪的歡迎吧。

過沒多久，延禧攻略的主題曲《雪落下的聲音》就傳了開來：「輕輕，落在我掌心；靜靜，在掌中結冰……我慢慢地聽，雪落下的聲音，閉著眼睛幻想它不會停……」。

我的媽呀，我知道下雪很美，但是隔天的行程是要去爬長城。結了冰的長城，這可不好玩啊，看來今晚我得泡薑茶給每個同學喝了。

下雪的北京很美，下過雪的長城更美。在長城的居庸關，我幫同學們拍了一張猶如海報宣傳的照片，照片中的十個人架勢十足，同學們更戲稱：「老師好像把大家拍成大明星哦！」原來，會拍照已經變成老師的特殊技能。過後幾天的行程，時不時就有同學來邀請我幫他們拍照，並且一起合影做紀念。

古人有云：「讀萬卷書，不如行萬裡路。」一轉眼，浸濡團到了最後一天。這半個月來的相處，真的可以看到同學們的成長，不管是生活中的技能，還是對於中華文化和語言的學習，我相信他們皆不虛此行。我記得在最後一晚與大家分享的這段話：「聰明是一種天賦，而善良是一種選擇，希望大家都能成為一個既聰明又善良的人，運用自身華語文的優秀能力，去幫助更多人。」

這亦或許是對於自己的期許，也是繼續教書的推動力。今年北京的這一場初雪被我們遇到了，而我與這群學生們的緣分，或許正猶如歌詞般：「相逢，是前世註定。」

背叛

星期五的晚上，突然收到一則學生的簡訊，「老師，你背叛了我的信任！」

原本一整天的好心情，霎時煙消霧散。首先是我完全摸不著頭緒到底發生了什麼事；再者他如此沒有禮貌地指責，讓我有點生氣也感到無奈，原因是這位同學可是我一直花費心力，不斷陪伴談話的對象，怎麼會突然責怪我呢？

先把這位同學稱作R吧，他是我今年才認識的學生。我主要是接手他的課外活動（又稱「課程輔助活動」），成為他的負責老師之一。今年的第一學期，R就常常沒來參加訓練，為此我還聯絡了他的級任老師、母親，甚至一直給他機會，直到缺席次數超過我可以忍耐的程度，才把他送去學校的紀律委員會。

當然中間的過程也有不斷與R「交手」的經歷，有時候他會在訓練開始之前傳來一張39.1°C的溫度計照片，告訴我他發燒了；有些時候他會告訴我，今天請病假沒來學校，但是當我查看學校的出勤系統卻發現根本不是這一回事。

更甚者，當我在學校遇到他的時候，問他為什麼都不回覆老師的簡訊，R說他換了電話號碼了。第二次當我又遇見他時，我馬上當面撥電給他，結果電話馬上接通，這時他又說：「我換的是電話SIM卡，不是電話號碼。」

我不知道要以「罄竹難書」還是「族繁不及備載」來形容R的這些事蹟。我一方面感覺心很累，與其一直與R鬥智鬥勇，我寧願把這些心力放在那些想要而且願意學習的學生上；另一方面我是感覺心理不平衡，為什麼之前的負責老師沒有好好處理，卻把這個燙手山芋丟給我呢？

「算了算了，遇到了就當作是我職場上的修行，也是一種學習吧。」我也只能如此安慰自己。

改變心態後，我開始主動出擊，只要R星期三下午沒來課外活動，星期四早上的第一節課我一定在他的教室門口等他。其實這一年下來，我也沒有大動肝火，也沒有過怒氣沖天的責罵過他，但是我缺少的是……認識他，了解他。

剛開始他不太願意跟我說話，總是頭低低，而且聲音小小的。慢慢的，他逐漸打開心房，跟我談得更加深入，也逐漸更加有自信。每一個星期四與他談話之後，當下我都會再打電話匯報給他的家長，希望家庭和學校都可以一起努力幫助R，解開他不快樂的心結。

原本以為事情都在朝著改善的道路上前進，但我卻誤踩了**R**的地雷。雖然我們之間沒有君子協議，但他開始對我掏心掏肺，甚至談論到家庭之間的煩惱。原本他以為跟我訴說的內容是僅止於兩人之間，可是我卻在每次會談後，聯絡他的父親。當然，這是學校的標準作業程式，如果學生缺席或者有問題，就要聯絡家長。對我而言，除了程序要求以外，從情感上來說，我覺得如果可以適時當成學生和家長之間的那道橋，或許有些遺憾可能會少一點。

那天的簡訊，**R**說：「我不想讓我的父親知道這些內容……我覺得你背叛了我……」

這讓我想起最近的一則新聞：「關於教員對女學生做出不當行為報警一事，新加坡國立大學澄清，校方有責任報警，即便學生選擇不這麼做。」當然，**R**的事件並非如此嚴重，但是其同理可證，身為老師，我們也有這個義務和責任，把學生的煩惱和問題以比較婉轉的方式通知他們的家長。

親愛的**R**，希望有一天你會理解，老師其實並沒有背叛了你，反而一直站在你的身後，陪你。

老師我很忙的

最近我在網路上看到這篇短文，心裡很有感觸，想在這裡跟大家分享：

曾經，我的鄰居問我們是否介意，分享我們的Wi-Fi密碼給他們使用。我決定給他密碼，因為這不會讓我需要付出任何額外的代價，而且我也和他們相處得很好。

昨天我回家下車的時候，鄰居就在他家門口，處理著他手中的東西。當他看到我時，我們停下來談了一會兒，他很高興地告訴我他們家現在有了Netflix。當時我開玩笑地說：「如果你們能分享你們的密碼讓我看一些節目，我將會很感激。」

突然在屋子裡傳來他老婆的聲音說：「不能分享我們的密碼給他，因為我是那個付帳的人，我不想分享。」

那個男人向我道歉，我說沒問題。當我離開進入自己的屋子裡時，他一直還在外面處理他的東西。

不多一會，男人的老婆從屋子裡出來了。她看起來非常緊張，之後他們倆都進了屋子裡。幾分鐘後，他和他的老婆來到我家門口告訴我Wi-Fi密碼已經失效了。

我看著他們說：「我更改了密碼，因為那是我付的賬，我選擇不分享了。」

這時，對方的老婆臉變紅了，想說些什麼，但無法開口。他們之後就轉身離開，再也不和我說話了。

不知道大家看完以後，是否心有戚戚焉?是否也有相同的切身體會?

在現在的社會，我們常遇到上述的場景，有時候是在職場，有時候則是發生在朋友甚至家人之間。我們都知道這句話「付出無所求」，但是如果雙方之間沒有更多的互惠與珍惜，其實就沒有必要讓自己成為別人無關緊要的存在。

談到這裡，不得不說師生之間的關係其實也有這樣的情況不時發生。以前的老師比較有「威嚴」，同學們也比較願意自動自發地幫忙老師籌備、策劃各項活動。只要老師一開口，甚至有時還未開口時，許多同學都會主動幫忙。回想起在我們還是學生的那個年代，若能當上老師的小幫手，幫老師跑跑腿，處理一些事情，可以說是一種無形的榮耀。當然，老師們也相當認可那些學生的能力，如果要推薦什麼獎項還是獎學金啊，都會特別考慮這些小幫手，反正這是一種雙向的互動。

據我所知，現在成績好的學生其實並不突出，很多時候獎學金面試的考量更加全面性，那些平時在學校裡熱心服務、願意多加付出的學生，當然就會特別加分，老師們也一定會努力在背後美言幾句。但是，學生並不會這樣想，有些學生其實相當功利主義的，如果老師請他當個小組長還是協助某些校內活動時，他還會說：「Huh, why me?」（蛤，為什麼是我？）或著直接問：「這個對我有什麼好處？」

有一次我本來看好一位相當用功的小男生，他十分努力認真，但是為人處事方面真的有點太以自我為中心，不太受歡迎。本來想借著某項大型活動中的一個學生協調員角色來磨練他，讓他打開心胸，多與別人相處交往，從中學習。如果他做得好的話，還可以幫他在獎學金的推薦函中美言幾句。老師開口詢問，這位小朋友當然沒有拒絕，但是答應之後，他不小心錯發簡訊，把原本要發給別人的簡訊直接傳了過來：

「Stupid lah, he asked me to join this for what, this is so troublesome.」（老師真的很無聊，居然叫我參加這個活動，這真的很麻煩！）

唉。看著簡訊，也只能歎氣。

另外一次的體會，則是校內農曆新年慶祝活動。幾乎每間學校的農曆新年慶祝活動都是由母語部門負責統籌、呈獻的。一場慶祝大典，耗時耗力，光靠幾位華文老師一定是不夠的，也需要同學們的相助。幾個可以展露頭角的角色，例如慶典主持人以及表演者，同學們當然很樂意爭取機會，但是默默在後台擔任舞台桌椅搬運工的角色，卻沒有同學願意出手相助。一些老師好說歹說，終於召集了幾位同學幫忙場地的佈置，但是在彩排時候這些同學不是意興闌珊，就是心不在焉地玩著手機。我也看過有些同學不等老師把話說完就直接說：「老師我很忙的，你去找別人。」

唉。現在的老師真難當。

親愛的同學，如果畢業後你想要申請大學或者假期的實習機會，我想你們一定會需要老師們的推薦函。如果你平時也是像上述的例子一樣，對於各種活動或者機會「袖手旁觀」，而且「冷眼以待」，我希望你們也要學會接受，當你有一天需要老師們的幫忙時，老師其實可以說的是：

「Huh, why me?」

「這個對我有什麼好處？」

「老師我很忙的，你去找別人。」

「老師我很忙的」，這句話學生可以說，老師也可以。

考卷上的那一分

年底考試剛剛結束，老師們最近都在忙著改卷。改卷的過程其實樂趣很多，有時候同學們的無厘頭答案常讓我們會心一笑。我在改卷時習慣寫下評語以及注意事項。我認為改卷其實是與學生們交流的一個很好的方式，可以看到學生們的思路，以及了解到他們到底是否有掌握到學習的重點。

改完卷之後，較有挑戰性的是發還卷子讓同學們檢查分數。由於新加坡的初級學院只有兩個年級，因此不管是高二的會考班，還是高一的升級班，這些學生們特別重視考試，得失心比較重的同學也就會特別計較考卷上的分數。

這幾年在發還考卷時，就遇到三類學生，他們向老師討論分數時特別有代表性，特此一記與大家分享。

第一種類型是古靈精怪型。這些同學其實相當可愛而且有禮貌，只是他們的語言能力不佳，所以無法準確理解題目要求，才會在考試時鬧出笑話。有一次作文題目如下：「王叔叔提著大包小包……」，結果這些同學就真的以為「大包小包」指的是大的肉包子和小的肉包子，所以他們就寫成了：「王叔叔把包子提在手上」以及「王叔叔在小販中心裡買了大包，然後也買了小包……」，想當然耳他們的作文分數一定會受影響。當他們拿回考卷時，還會摸不著頭腦來問你：「老師，為什麼我的分數那麼低，可不可以往上加一點？」

而有些同學則很努力地回答每一道「閱讀理解」的問題，而且作答卷上都是寫得滿滿的，但是當你在批卷時，雖然看得懂學生所寫的每一個字，但是就是讀不懂他們想表達的意思。有一位女同學曾經這樣跟我說道：「老師，我知道答案是什麼，你的標準答案就跟我腦袋裡的答案一樣，只是我寫不出來，所以你應該要『加減』給我一些分數。」我也笑笑回答，「你的分數也在我的腦袋裡，下次等你把答案寫出來，就可以看到分數啦！」

第二種類型就是錙銖必較型。通常這類學生就是差一分就可以及格，要不然就是差一分可以提高到另一個等級。他們在檢查考卷時可說是份外較勁，如果學生是有禮貌的話，我也願意跟他從頭到尾過一遍答案，並且陪他檢查分數。如果真的是分數有錯，亦或者是有可以商討的地方，老師們其實都願意把分數加上。但是，如果遇到學生在拿到考卷後查都不查就說：「老師給我一分欸，我就差那一分」的，我一定不加理會。我曾遇到學生很沒禮貌地想要爭取那一分，他在檢查了分數以後仍不死心，再讓他的同學檢查一次，當我下課收回考卷後，他又來找我想要繼續檢查。最後他居然跟我說：「老師，你一定有算錯，你再幫我算一算，我的分數應該更高的！」我馬上在心裡倒扣他分數，並且告訴他慢走不送。

第三種類型，也是我最怕遇到的，就是梨花帶淚型。這類型的學生其實男女都有，我猜想是否現在的青少年壓力特別大，還是他們的淚腺特別發達。發回考卷，都還沒講解，有些同學的眼淚就馬上「噴」出來，有些人是喜極而泣，但是更多時候是考得不理想。有一位女同學哭到我都可以在台上聽到啜泣聲，我暗暗翻看成績記錄表，她根本就考得不錯，雖然不是太好，但是至少及格啊！我最怕學生哭哭啼啼地來找我，明則是討論考題，暗則似乎在發動眼淚攻勢：「老師，我都哭成這樣了，你的分數也給我多一點吧？」我也很想跟這些學生說，你們考試答案寫成這樣，老師也很想哭啊，只是欲哭無淚罷了。

學生對於分數的追求雖然不是件壞事，但是心態要擺正。跟大家分享，其實老師們在改卷時，手中的紅筆大多是「慈母」手中的鞭子「高高拿起，輕輕放下」，並沒有所謂的「殺無赦」。更重要的是，老師們看到那種「差一分」的同學，其實都會與其他老師再三討論，不斷斟酌。有時候老師們早已在暗地裡加了分數，想要鼓勵學生。有時候，你所欠缺的那一分，其實老師們是故意的，有可能是為了警惕你，也有可能是為了激勵你，希望你能更上一層樓……

尊重斷網權

今年因為疫情的關係，遠端辦公變成一種生活的模式，居家辦公更是一種工作場所的新常態。根據新聞報導，許多遠端辦公的員工需在維持工作表現時，也維持家庭的各項責任。但是由於他們居家辦公，上司認為他們更方便在任何時候回應工作相關電話和電郵，即便過了上班時間也是如此。因此新加坡的國會議員呼籲政府考慮立法讓員工在下班後享有「斷網權」（Right to Disconnect），讓公司尊重員工的私人時間，確保大家有足夠時間休息，做到勞逸結合（work-life balance）。

我認為在遠端辦公盛行之前，拜科技以及各項通訊軟體發展所賜，其實許多時候工作與生活界限已經模糊了許多。其實我們可以拿起手機，點開 WhatsApp，看看有多少個聊天群組是與職場工作相關的？下班離開公司後的我們，真的下班了嗎？我想很多人都有與我相同的感觸吧。

以前還是學生的時候，班上的導師手機號碼只有班長一人知道，而且這個號碼是被嚴格囑咐絕對不能外傳。所以如果班導師需要通知班上的同學，就會透過班長，而如果班上的同學有什麼事需要緊急找老師的話，班長就是中間的傳話人。這樣的聯繫模式雖然不是很迅速，但是在我們的求學過程中，也沒有覺得有什麼不妥。如果家長有事需要找老師談話，也會事先打給學校的辦公室預約，或是留下電話請老師下課時有空時回電。這一切都是如此的自然，如此的自在。

但是，現在學校的生態環境也不太一樣的。我曾經認識一位老師，本想繼續使用無網路功能的老舊手機，但終究無法抵抗工作上同事們的異樣眼光，最後也只能一頭栽進科技的洪流。工作場合中的訊息轟炸，日益嚴重。以我自己的例子來說，點開WhatsApp就有以下各類與工作有關的群組：

- 全年級的班導師群組
- 自己的級任班群組
- 自己與班上學生幹部群組
- 科任班的群組×5個（高一和高二）
- 獎學金學生群組×2個（高一和高二）
- 課外活動老師群組

- 課外活動學生群組×6個（六個，因為男女隊分開）
- 課外活動教練群組
- 母語部群組（包括馬來文老師和淡米爾文老師等）
- 華文老師群組
- 教學科目群組
- 校內各項活動之群組（數不清）
- 教育部各項活動之群組

……

這些群組的名稱琳琅滿目，數量簡直多不勝數，剛開始會覺得自己好像很重要，但是過後就會覺得很麻木。看也不是，不看也不是，但一顆心卻總是懸掛在手機，只要簡訊的鈴聲一響，就要趕快看一下是否又要注意什麼事情。本來群組的好意是方便師生之間聯繫、討論、通知、提醒，但如此一來老師的私人手機號碼也不再是一組神秘的未知號碼。

開學的前一晚：

「老師，你可以幫我看一下我這雙鞋子是否有符合校規的要求？我怕買了以後不能穿去學校。」

考試前夕：

「老師，明天是會考了，你可以不可以幫我看一下這題練習題的答案是否正確？」

甚至週末也會有家長：

「Call me back immediately, I need to talk to you about my son.」（請你回電，我需要跟你談談我兒子的事。）

為什麼家長會有老師的私人手機號碼呢？還不是從孩子們的群組裡輕易取得？本知道這些簡訊其實可以不必理會，但是若選擇已讀不回還是於心不忍、甚至會感到過意不去。通常緊急的事，我都會馬上回覆處理，但心情一定會受到些許的波動。至於那些不太緊急的簡訊，我會特意拖延一些時間才回覆，並且會儘量以幽默的方式來提醒對方，其實老師並不是童話故事中的守護神，隨傳隨到。

我個人是十分贊成員工下班後擁有「斷網權」的這項建議，我知道這其實無法硬性規定，也很難成為國家的法條。尤其老師是一個比較特殊的工作群體，因為我們的下班時間並不固定，有時候學生或者家長的確比較難與我們接洽。但，適度而且有規律性地抽離工作其實對於職場壓力以及心理健康是相當重要的。也希望讀到這篇文章的家長以及同學們，下次在拿起手機想要傳簡訊給自己的老師們時，記得先忍一下，想一下現在是幾點？是否是週末還是假期？請大家一定要學習尊重老師們的「斷網權」！

公主病

久久沒見面的中學朋友難得聚在一起，當然都會互相詢問近況。今晚在餐桌上最令人感興趣的話題莫過於阿勇的女朋友。阿勇和女朋友交往已經超過五年，可以說是相當穩定，常常在臉書上看到兩人甜蜜出遊的照片。我們打趣地問道，你們倆什麼時候要步入人生的下一步，我們要開始存錢包個大紅包。沒想到阿勇卻臉色一沉，面帶難色地說：「我不知道她是否適合我……」

我們幾位好友大吃一驚，忙問發生了什麼事。阿勇娓娓道來，他說剛開始認識女友小麗的時候，覺得她長得很可愛，就像童話故事裡的小公主般，甜美動人。每次跟女朋友出門，只要看到她那雙無辜的大眼睛眨一眨，阿勇就會熱血沸騰，想要呵護這位小公主一輩子。從兩人確定情侶關係的那一天起，阿勇凡事都會順從這位小公主，化身為有求必應的貼身守衛。

兩人相處一久之後，當初認識的小公主，甜美依舊，但是蠻橫加倍。小麗的公主病，讓個性大而化之的阿勇數次抓狂。兩人尚在大學讀書時，女友就要求外出用餐時一定要在有冷氣的餐廳，阿勇為了配合女友的消費習慣，也只能私下省吃儉用。阿勇在外幫女友提包包的時候，一定要小心包包不能碰到地上，也不能走到靠近垃圾槽的地方，要不然女友就會扁著小嘴，認為包包被弄髒了，不能再用了。

阿勇越講越激動，他說有一次在晚上接到女友的來電，女友在電話那頭不停哭泣。原因是她在用餐的時候不小心把醬料滴到衣領，她要求阿勇趕在商店打烊前買一件同款式的上衣，送去餐廳給她替換。聽到這裡，整桌的朋友皆為之愕然，原來小麗的「公主病」如此嚴重！難怪阿勇也在懷疑這位公主女友是否能成為「執子之手」的終生對象。

其實，像小麗如此的「公主病」習性，一定不是一天所造成的。除了家庭背景、男友的過度寵愛，我覺得學校教育也必須負起些許責任。在教書的這幾年，我深刻體會到現在的學生個性越來越鮮明，有些年紀輕輕就已經是名副其實的「公主／王子」。這群學生不是壞學生，但是他們把「自己」放在人生的第一順位，凡是與自己有關的東西（例如成績）他們一定傾盡全力，但是待人處事方面卻高傲得讓人不敢領教。他們為了達到最低出席率而勉強出席課外活動，學校所舉辦的義工活動也是隨便做做，凡事恣意任行，自認為家境優渥所以高人一等，因此不把其他同學和老師放在眼裡。對於這種學生，身為老師們的其實更要加以關心，如果不及時糾正學生們的品格，一旦「公主／王子」成型了，那就不易扳回。

有禮貌地沒有禮貌

是的，這是最近常在我腦海中出現的一句話：「有禮貌地沒有禮貌」。在這裡，我要說的不是一個病句，或者一句繞口令，而是看到了許多同學們的行為舉止，乍看之下很像是有禮貌的請求和詢問，但是仔細想一下，又覺得這看似禮貌的動作又似乎是不太禮貌的行為和要求。

我不知道現在的學生「自我意識」是否很強——自我意識強烈雖然不完全是一件壞事，但是若永遠都把自己當成第一順位，那真的是一件很討人厭的事情。

高二的學生，再過一個星期就是三月假期，而隨之而來的就是三月假期後的統一測驗。這批高二生，去年因為疫情的關係，整個上課的狀態就不是很好。迫於疫情，線上的課照樣進行，學校的進度照趕，但是你就是能感受到這批學生們心不在焉，而在電腦屏幕後方的老師們，也都是充滿著愛莫能助的無奈感。

今年的情況比較好了，大家都可以回來學校上課，但是課堂上的師生們，還是隔著那層薄薄的口罩，心與心之間其實還是有著那道小小的距離。而且，很多學生其實都反應跟不上學習進度，因為去年他們在家裡的「網上學習」真的是過得太爽、太舒服了。這幾個星期，為了替這批高二學生們上緊發條，我看到部門的老師們真的是抓緊時間，就是要找這些同學們補課，希望可以幫他們複習三月統測的考試範圍。

「你們組幫我確定一節五十分鐘的補課，每週固定，我們有很多內容需要反饋和講解，請同學們向組長們確定時間。」

一位老師，在學生群組裡發出了上述這條簡訊。結果，你覺得同學們會如何反應呢？

「謝謝老師，老師辛苦了。」

不，你想太多了。如果學生們如此上進、有愛心，那老師真的是全天下最幸福的工作了。

我剛好也在群組裡面，看到更多的回覆是：

「我不能，這天有補習。」

「這個空檔我沒有空。」

「這個時間我已經可以放學回家了，不想留下來。」

看到這類內容的簡訊一直彈出，我倒抽了一口氣。

老師找時間為學生補課，其實不是一種義務，更沒有收取額外的津貼和費用。補課，其實都是自發性、義務性，而且勞心勞力更勞神。如果你教的科目，學生來自各個班級，那麼補課的時間，真的是需要大家互相配合了。但是現在的學生，真的是自我意識強烈，認為「我的時間最寶貴」、「我有空，大家應該配合我的時間才行」。

有些同學更厲害，如此回覆：

「老師，你星期三早點來學校，我們在上課前來參加你的補課。」

「老師，星期六我有空，你星期六再來讓我們參加補課。」

「老師，補課的時候，你記得用Zoom錄製下來，我有空才在家裡听就好。」

再三討論之後，這位老師終於訂下了一個時間點，讓同學們可以來一起參加補課。原本以為這件事情可以圓滿落幕。結果隔天三位小朋友就來找這位老師「懇談」，他們的言行舉止是不會到沒有禮貌的地步，只是他們的問題基本上就是圍繞著為什麼補課的時段不能配合他們有空的時間。

同學們以禮貌的起手式開始，「老師，我們想跟找您談談……」，照理說他們並沒有做錯，因為他們沒有逃避，而是選擇面對問題，尋找解決的方法。但他們的出發點，卻只是以自我為中心，呈現了一種「有禮貌地沒禮貌」行為。

對此，我真的是有點難過。

若最後一課不是最後一刻

最近在翻找資料時，看到本地中學高級華文中二（上）的課本，其中第四課課文《再見，語文課》特別打動了我。

課文主要記敘了陳小允這位小朋友學習華文的態度變化。這位小朋友常常默寫不及格，上課偷偷畫漫畫，有時又閉著眼睛打瞌睡。後來在他的語文老師——張老師的幫助下，透過鼓勵、獎賞等方法，慢慢使他開始愛上華文，甚至努力學習。最後，這位小朋友在移民之前，對老師、同學和語文課都感到依依不捨，心裡不由得一陣難過，甚至因為感嘆「唉，華文課，在我剛剛愛上你時，卻要離開你了」而抑制不住，哭了起來。

在當了老師之後，對這篇課文特別有感觸，因為我們每天在教室裡都遇到許多「陳小允」。過去幾年，在學校都是在教導H1華文，而修讀H1華文的學生，在中學都沒有修過讀高級華文，所以在語文程度上可以說是比較吃虧，再加上他們的學習動機比較不積極，畢竟現實的考試計分制度似乎暗示著一個訊息：「只要考及格就可以了，成績好壞並不重要」。

課文中的「陳小允」還是比較可愛友善的，在老師點名問問題回答不出來的時候，還會「漲紅了臉，尷尬地站著，臉上一陣陣發燒。」我自己遇到過的「陳小允」也只是比較「紅毛派」[1]，頂多只是喜歡用英文回答問題，但是學習態度還算良好的，偶爾只是會調皮地抱怨：「老師，why is Chinese so difficult?」但是有些老師卻沒有這麼幸運，他們遇到的「陳小允」不僅不重視學習華文，還會缺課、頂嘴等，關於這些態度惡劣的「陳小允」事蹟我也偶有所聞。

「我是幸運的」，我常對自己說。因為與H1學生的相處時間只有短短一年，正確來說，可能扣除掉高一新生入學後的迎新活動，以及各個假期和考試，真正在課堂上相處的時間只有短短的七個月。而在這七個月裡，極有可能是這批學生人生中的最後一段學習華文的時間。我們這些授課的老師們，任重而道遠啊！

在課堂上我堅信要對自己負責，也要對學生們負責。除了要教完各項教學進度以外，還要幫學生備考。在千頭萬緒中，我們還要與許多「陳小允」交手，軟硬兼施，並且盡量讓每堂課都生動有趣，勾起他們的學習動機。除了希望他們可以帶走漂亮成績以外，更希望這些學生擁有美好的課堂回憶。

每回年底的最後一堂華文課，在總結學習的內容後，我也會特地稱讚幾位「陳小允」，他們從抗拒學習華文到自動自發要求更多練習，當我看到這幾位「陳小允」上課都很快樂時，我知道他們也感受到了學習華文的樂趣。

去年在課堂總結時，我與同學們分享了梁文福老師的《再多一下下》中的一段文字：我們永不知道，什麼時刻，會成為我們使用、學習、教導母語的最後一刻，所以應該把每一課，都當作「最後一刻」。

而我希望，老師與你們的最後一課，將不會是你們學習華文的最後一刻。我真心這麼認為。

註釋：

[1]「紅毛派」：新加坡福建話/閩南語發音，「紅毛」指洋人，延伸出的「紅毛派」指西化的華人族群，一般華文水平低落。這樣的指稱時而有貶義，是相對於華文群體來說，這些「紅毛派」數典忘祖，缺乏華族的身份認同。

借力使力，讓教學有亮點

讓學生亮起來

站在講台上
以為是黑暗中的微光
結果自己卻被照亮

——李俊賢

我相信每個學生都有潛力，只是需要一點時間或是一些機會去加以發展。

剛開始教書的時候，其實我都是以課堂的「主持人」自詡，不管是從教學流程的編排、中間的起承轉合，到每堂課的亮點，都是要一氣呵成，一手掌控。每堂課之前，我都會先設想，今天一旦踏上教室的講台，我要教什麼，要做什麼活動，要問學生什麼問題。甚至我都會安排一些綜藝節目的橋段，就是想要在課堂上牽引學生們的情緒，讓他們留下深刻記憶。

我喜歡在課堂上讓學生們又哭又笑的，不是為了追求什麼收視率，而是一種自我滿足感。每當我覺得自己完成了一堂很不錯的課時，其實我內心是比學生們還要高興、滿足的。回到辦公室的路上，我的嘴角絕對是上揚的，而且走路都有風。不管是輔導課（Tutorial）時的小班級，還是講堂課（Lecture）時上百位的學生，我告訴自己就是要在台前hold住全場，而且我一定能做到。

有時候我都在私下幻想自己是教書界的吳宗憲，不是想當個搞笑天王，而是想擁有他那股「藝高人膽大」的自信心。套一句他的名言：「我站在哪裡，哪裡就是舞台的中間。」我也告訴自己，只要自己不斷努力、不斷精進，教室裡的亮點，絕對是我，而且只可以是我。

可是，我的心態這幾年逐漸改變了。

以前的我，會努力把自己打造成教室裡的一道曙光，想要以滿腔的熱血，感動班上的同學們。我把一堂課的優劣，單純且直接地攬在自己的身上。但後來，我發現這種想法不是不對，但其實這只是最基本的入門功夫而已。

把一堂課上好，讓學生的成績有所提升，這已經不是我日夜苦思極力爭取的目標。這幾年的我，其實體會到一點，一個老師要適時的把舞台讓出來，讓學生站上去。我們的教師職責，其實不是「照」亮學生，而應是「點」亮學生。若把學生的潛力量化，分數的確是一個指標，但這太表層了，我希望可以挖掘並且提升學生們的軟實力，讓他們擁有發光發熱的機會。

有一年我的班上來了一位很乖巧的羽球員，他的華文不是很好，就是乖乖、靜靜的，講話小小聲，動作也斯斯文文很有禮貌，不太像個在球場上揮灑汗水的運動員。我看出他其實很有領導的潛能，但是因為生性害羞，不太會爭取機會，也不太發言，常常被淹沒在教室裡的一角。我注意到他，一直在想要幫助他突破自己的舒適圈。恰巧有一次學校要各班級參與義工服務活動，我就借機指派他為這次的活動負責人。

當下這位羽球員真的眼睛亮了起來，過後他也十分認真、盡責。活動前，他還親自去實地考察路線，並且製作地圖發給同學們。我記得那年的家長會，這位同學的母親特地來找我，我們沒有談論課業上的問題，她只是謝謝我。

「為什麼說謝謝？」

「謝謝老師指派他這個任務，他在家高興了好幾天。」

我們相視而笑，其實我真的沒想到這件事對他的影響有這麼大。

今年，我遇到一位可說是博覽群書、出口成章，並且對中國古代歷史瞭若指掌的學生。這位同學並不是鋒芒畢露的那類學生，相反的，他非常低調，好像有點太過低調，也太過獨來獨往。剛好我要教一篇古文「六國論」，我改變了教學方式。第一堂課的前十五分鐘，我設計了一個「李老師說故事」的時段，透過講故事的方式，介紹六國論的作者蘇洵。那堂課結束之前，我突然在班上宣佈，下一堂課的前15分鐘，將會是「XX同學說歷史」，而我將請這位平時行事低調的同學上來講述戰國時代，群雄紛爭的歷史背景。

雖然是「臨危受命」，但是這位同學卻是認真對待，不僅回家做了課堂PPT，還在講解戰國歷史時，進行了中西對比。他在講堂課的台前，背挺得可直，講起歷史時可以說是滔滔不絕，而且思路清晰。那天的講堂因為要投影PPT所以光線有點昏暗，但是他整個人真的是亮了起來。而，那剎那我看著他，我的嘴角也不自覺地上揚了。

「教書育人」是老師們的職責，如果真要為此下個注解的話，我認為教書時老師可以燃燒自己，用熱忱甚至激情傳遞知識；但是育人時，要學會把自己放在第二線，給學生準備一個可以發揮的舞台，讓學生「亮」起來。

製造小驚喜

平時有些老師朋友會問我，要怎麼樣收集靈感，才能在課堂上製造小驚喜呢？其實我認為不必太過刻意要求，只要平日與同事們相互交流，甚至多看一些綜藝節目，都可能會有意想不到的收獲。有時候這些課堂的小驚喜，都是依靠平時的累積，才能讓靈感一觸即發。

記得有一年，我在一間佛教慈善團體幫忙帶領讀書會的導讀，那時候我們正在準備的經典正是《法華經》。在準備**PPT**的時候，我就看到一則「懷珠求乞」的故事，覺得很有趣，故事內容如下：

有一個貧窮的人，到城裡投奔有錢的親戚。這位親戚不僅富甲天下，而且他宅心仁慈，樂於助人。親戚看到窮人面黃肌瘦，就準備了盛宴來款待他。結果這位窮人吃得酩酊大醉，不支倒地。這時恰巧國王派人來宣召富有的親戚，親戚不得已，倉促間，只好叫人把一顆價值連城的寶珠，縫藏在窮人的破棉襖裡面，然後匆匆忙忙地趕往皇宮。

故事的結尾就是，這位窮人酒醒之後，拿起親戚留在桌上的銀兩離去。過沒多久，把親戚贈送的銀子花盡，只好繼續乞討。一天，富有的親戚看到落魄潦倒的窮人，大惑不解地問：

「你怎麼會淪落到如此的地步呢？我不是給你一顆夜明寶珠，你可以拿它去經營生意，不就衣食無缺，不愁過日子了嗎？」

「沒有啊，我只拿了一些銀子，可是沒幾年我就用完啦！」

「我明明叫人縫在你的衣服裡面的，把你的棉襖打開來找看看。」

窮人馬上脫下身上的外衣，結果從一堆充滿汗臭、虱蟲的破棉絮中，找到一顆晶瑩剔透、閃閃發光的明珠。窮人，滿臉驚愕，富人也不斷搖頭。

這則故事當然可上升到佛教哲理的探討，例如那顆價值連城的寶珠就是比喻圓滿的自性，眾生因迷失自性，始終在人生苦海中流轉。

然而，我看到的則是一份可以在課堂上製造的小驚喜。那時候的我，身體裡面就是充滿熱血的教師魂，我在想，除了在讀書會上解釋佛典故事之外，是否也可以讓參與者也體會到相同的意義呢？

於是，我提前五分鐘到會場，然後在每個人的座位底下黏上靜思語的小紙條。那場讀書會結束之前，我就先問大家是否有「懷珠求乞」的相同經驗？等大家分享完後，我就請大家伸手摸看看座椅底下是否有什麼「驚喜」。大家一摸之下，都相視而笑了。過了很多年後，仍然有人對我導讀的那場讀書會印象深刻，因為那個小驚喜遠比單純聽講更為容易記得，讓他們更能體會故事中的感受。

後來，「窮子不知得寶珠」這個故事梗概就成為我教學上喜歡使用的小驚喜，當然在學校我們必須要因地適宜，而且我仍不斷在改善這個活動環節，讓它成為一種簡易操作，但是效果不錯的卡片小活動。

2017年的4月，我校有幸與教育部和推廣華文學習委員會合作，邀請到新加坡流行歌手向洋（Nathan Hartono）來校進行《向洋約你 愛上華文》的校訪活動。這次的活動並不是純粹地舉辦校內演唱會，除了歌手演唱之外，我們還要設計遊戲環節，邀請台下的同學們上台與向洋一起參與語文遊戲，讓學生們透過偶像的魅力與感染力，積極學習華文，並且喜歡上華文。

那次的活動，我是主要的負責人，更身兼當天活動的主持人（現在的老師真的要多才多藝！）。在與教育部討論整個活動環節的細節時，我就考慮到，如果要求同學們上台參加互動的話，通常會有兩個情況要準備：不是冷場，就是太過熱情。很多老師都有帶學生去參與講座的經驗，通常到了節目的尾聲要進行問與答的環節時，就是冷場的開始。但是，我們這次是邀請到又高又帥又迷人的向洋，那時候他剛參與《中國好聲音》的選秀比賽，一炮而紅，更是時下年輕人的偶像。我反而擔心，如果大家都想要爭相上台時，那該怎麼辦？而那些沒有被選到的學生是否又會感覺到不公平，甚至不高興。

於是我靈機一動，把平時收集的小卡片先拿給向洋，請他在背面簽名，然後趁活動開場前把卡片隨機黏在椅子底下。是的，就是上述的「懷珠求乞」的活動進化版。

果然不出我所料，當我們邀請同學們上台與向洋互動時，場面相當瘋狂，大家都搶著想要上台親近偶像，大家的尖叫聲都要把禮堂的屋頂掀開了。這時小卡片就發揮作用，成為當天節目的一個小高潮，因為座位下有卡片的同學可以上台，同時也獲得偶像的簽名，十分幸運。那天的活動順利完成，我也松了一口氣。

不管是在台上主持，還是在課堂裡進行教學，我建議大家可以隨機設計一些小活動，讓大家有些小驚喜。例如，平日我們在課堂發問時，常常拋出去的問題是「有去無回」，如果老師們可以預先藏個巧克力還是小糖果的，我相信那位幸運的同學也會很高興地回答問題，而且整天心情也很好，因為他會覺得自己今天是個幸運兒。

製造小驚喜，何樂而不為呢？

當老師化身「直播主」

鼠年開春以後，新冠病毒在新加坡的疫情可說是越來越嚴重。儘管新加坡政府堅持了三個月不停工，不停課，不戴口罩，希望可以在不影響人民生活的情況下，控制疫情的發展。但是，疫情仍無法被抑制，每日增加的患病人數還是讓人堪虞。四月的第一天，教育部宣佈開始一週一天的「在家學習計劃」（Home Based Learning），希望透過這種循序漸進的方式，讓學生和家長逐步適應，也為疫情惡化的情況做好準備。

沒想到愚人節過後兩天，四月三日星期五的下午，李顯龍總理透過電視，廣播與面簿直播，向全國人民發表講話。政府宣佈啟動了「斷路器」（Circuit Breaker，官方翻譯為「阻斷措施」），除了重要及必須（Essential）的行業能繼續運作之外，幾乎所有其他工作場所都必須關閉，所有員工也被強烈要求在家辦公。而老師們最關心、也最在乎的則是這條政令：**所有學校從四月八日起將轉為全面居家學習，學生無需**

到學校去，學前教育中心也將全部關閉。

這次李總理的演講聲調依舊是平穩的，能夠安撫人心，他鏗鏘有力的咬字仍代表政府對抗疫情的魄力，但是他的用詞強烈了一些，神情也嚴肅起來。身為一名老師，我首先發現這次的全國演講也採取了「臉書直播」的方式，而李總理的演講詞裡面也多次提到「視訊聊天」、「網上直播」、「網上學習」等詞彙。

是的，時代在改變，教學方法不能一成不變，尤其在這特別的時候就要有特別的教學方法。如果連總理都在「臉書直播」了，老師們在教學時還能固步自封嗎？以前一支白板馬克筆，一本講義的上課方式沒有錯，仍然可以很精彩，但是現在所有學生都要全面居家學習了，在這一個月的時期老師們總不能只是把教學資料上載到網上，讓同學們在家自習，抄寫答案而已。

網上同步教學似乎蔚成一股風流，許多老師也發揮無私大愛，在網上組成許多學習小組，分享各項教學直播平台的使用方法。有一陣子，我們學校開始流行使用Zoom平台，許多老師見面打招呼的第一句話就是「你今天Zoom了沒？」。許多資深老師們更讓我敬佩，他們也開始學習如何在網上進行同步教學，有的老師還會為了要直播而特別去購買耳嘜、腳架，甚至自掏腰包買了另一台電腦，就是為了模擬學生們在家的學習情況。

後來Zoom因為資安問題而被教育部禁止使用，我聽到有些老師們稍感懊惱：「好不容易剛熟悉Zoom平台，卻又不能用了。」不過為了學生們，老師們總是願意不斷學習，笑說：「沒關係我們還可以學習如何使用Google Meet，讓我們在雲端相Meet。」

幾年前有學生告訴我，他的夢想就是成為Youtuber或網紅，而那時候我還搖頭擔心他太不切實際。直到今年還有同學很自豪地告訴我他是「UP主」時，我還愣了一下，沒搞懂這是什麼意思。沒想到因為疫情的關係，現在很多老師也化身成為了「直播主」，真的是時勢造英雄，有時候在網上上完課之後，我還俏皮地告訴同學們：「喜歡這堂課的話，記得給個讚，然後訂閱、分享、開啟小鈴鐺哦。」希望透過一些玩笑話，能讓在家學習的同學們開心一點。

李總理說道：「這將是一場漫長的戰役，如果有哪個國家能打贏，那必然是新加坡。」各位新加坡的老師和學生們，大家加油，就算我們現在無法回到教室，我們仍可在網上互相守護彼此，攜手共渡這次難關。

麻將的機會教育

以前在教補習的時候，曾遇過一個小男生，他已經升上中學，但是他的華文大約只有小學三四年級的程度，不太會認字，也不太會說華文。他的小學和中學都是教會的直屬學校，再加上家裡父母都是出國留學的大學畢業生，也不太會說華語，仔細觀察，他真的沒有一個學習語文的好環境。

不知道是他以前學習華語時遇到什麼挫折，反正這位小男生就是對華文沒有興趣，也相當抗拒。如果早上10點上課，他大概會掙扎到10點10分才慢慢從房間走下來，然後半個小時後，他就會藉故躲進廁所大概二十分鐘。反正一個半小時的華文補習時間，我們真正上課的時間可能不到一個小時。對了，這一個小時內大概又有四分之一的時間他在放空，每次跟他解釋課文的時候，他似乎聽得懂，但是問他問題時，他卻只會聳聳肩，輕聲地回答：「I don't know」。

這位小男生雖然不太喜歡華文，但是他個性其實並不壞，反而非常有禮貌，家教也相當不錯。小小的身體裡，充滿著音樂細胞，更是學校裡科學和數學競賽的常勝軍。但是，他就是不喜歡華文，不會、也不想努力學習，根據他的自白就是「**no motivation**」（沒有推動力）。教導這種學生，其實很有挑戰性，反正他就是像棉花軟趴趴的，不管你功夫再怎麼好，使出渾身解數不斷發功，到了他身上就是不管用。不管是硬起來，要求他重抄作文改正，還是來軟的，好言相勸，甚至在他生日時贈送小蛋糕拉近感情，他仍然缺乏學習華文的推動力。每次考完測驗，他也都只會向我低頭說聲：「Sorry, teacher.」

直到有一天上課，突然之間，他莫名其妙地問了我一句話：「老師，你可以教我打麻將嗎？」

是的，我沒有聽錯，就是這句：「老師，你可以教我打麻將嗎？」

這句話猶如神來之筆，讓我驚喜萬分，因為我一直等待的就是這個「**Teaching Moment**」，也就是所謂的「機會教育」。孔子曾經說過：「當其可之謂時」，也就是說當某個時機因緣成熟了，剛好發生了，學生主動想學，這個時候可以指點他，他會印象深刻。

但是「麻將」欸，或許有些人會有所保留，畢竟在上課時間教學生打麻將好嗎？

首先，我並不是教學生賭博，我也不太會打麻將，而是把麻將牌當作學習的切入點，然後透過說文解字把它與中文學習結合在一起。這若能提高學生的學習興趣，何嘗不可呢?況且，如果這位學生的家裡有麻將牌，而且是由父母介紹給孩子們的家庭遊戲，其實老師們的道德包袱可以先卸下來，不需要擔心這麼多。

那堂課我印象深刻，我們除了解釋「吃」、「杠」、「聽」、「胡」和「自摸」等專有名詞以外，其實麻將牌也很有文化意涵的。除了四大方位「東南西北」，我們還學習了花中四君子「梅蘭竹菊」，更延申講解各種牌的來源以及意義。例如，這名學生指著一張牌問我，為什麼麻將遊戲裡面有棺材時，我就順便跟他解釋那是「白板」，屬於三元牌「紅中、青發、白板」的一份子，原由可能來自古代人們對升官發財的嚮往。中就是中舉（中解元、中會元、中狀元，稱為中三元），發即發財，中了舉，做了官，自然也就發財了。白板可能是空白、清白之意，也有人解釋成為長壽，因為長壽者白髮蒼蒼。不管怎樣，它不是棺材板的意思。

當我一解釋，這位小男孩眼睛就亮了起來。他馬上接著問說那「索」和「筒」是什麼意思?我當然順水推舟，看圖說故事，繼續講解下去，「索」就是一串串的銅錢，而「筒」就好像是存錢筒，只是這個筒狀物以前是拿來儲存糧食的。看到這位小朋友在興頭上，我甚至拋出了問題，為什麼麻將牌中看到的「萬」和「發」與我們現在所學的「万」和「发」不一樣呢？

那堂課我們兩個都上得意猶未盡，就連要下課時，這位小男生居然有點依依不捨，脫口而出：「華文很有趣！」然後我們兩人相視而笑。這種機會教育，可遇不可求，如果在教學的時候遇到了，一定要把握機會，因材施教。

對了，後來這位小朋友告訴我有一次的課堂測驗他難得「聽牌」了，差一分就及格。（暈）

目前大學先修班的古典文學課程，古文範圍只有六篇，分別是〈鄒忌諷齊王納諫〉、〈前出師表〉、〈岳陽樓記〉、〈六國論〉、〈柳敬亭說書〉和〈岳飛〉。至於這六篇古文是如何被選取成為課綱的一部分，我想背後的課程規劃學者們一定有所考量。我個人認為一篇好的古文課文，除了內容生動有趣之外，也要「古學今用」對學生們有所啟發。更重要的是，一篇好的文章，也要對於授課的老師起著呼應和提醒的作用，而〈柳敬亭說書〉就是這樣一篇經典古文，我特別喜歡。

〈柳敬亭說書〉一文出自於明代文學家張岱之手，文章記人記事，比喻生動有趣，深受同學們的喜愛。每次教學時，我特別喜歡先讓學生畫出心目中的柳麻子。每個人畫出來的柳麻子都是又黑又醜，而且長得奇形怪狀，套句原文「柳麻子奇醜」，還真的是名副其實。這時，我就會接著問，如果一個人長得這麼其貌不揚，但是許多人仍願以高價來找他說書，這又代表著什麼呢？

心理學家有此一說：「7秒鐘，留下出眾的第一印象」，而且這第一印象中，其實有百分之七十來自於外表，只有百分之三十來自於語言和談吐。這時老師就可以詢問同學們，柳麻子要如何在短短的時間來反轉他的外表劣勢？如果你是柳麻子的話，你會說些什麼？又如何說呢？我相信老師通過這樣的引導，把學生所需具備的面試技巧融入在課堂討論之中，會比直接討論「外表重要還是內在重要？」這種二元對立的問題，更能讓他們抓到文章的重點。

對於這篇〈柳敬亭說書〉，其實我也特別有感觸，認為這篇文章是在提點老師們上課時所需具備的各項特質。於我而言，一名優秀的老師就像柳麻子一樣，必須具有以下三項特質。

第一，語言能力的掌握。柳麻子說書的特色之一，在於他的語言能力高超。他擅長掌握語言的節奏，了解內容的精髓，說起書來「其疾徐輕重，吞吐抑揚，入情入理，入筋入骨」。他的語言生動有趣，聲調隨著故事的情節起伏有所變化。文中如此描繪：「說至筋節處，叱吒叫喊，洶洶崩屋」，意指他說到激動處，聲音大到連屋頂都要被震壞了。試想，一名老師的語言表達能力能夠如此生動的話，這堂課一定會很精彩！

第二，擁有創新精神。說書其實和教書大同小異，都是要求把課文內容消化之後，以自己的方式重新傳達文本的重點。說故事、講課文，人人都會，但是要比別人技高一籌，就要像柳麻子一樣，不照本宣科。張岱如此說道：「余聽其說《景陽岡武松打虎》白文，與本傳大異。其描寫刻畫，微入毫髮，然又找截乾淨，並不嘮叨。」由此可見，柳麻子厲害的地方在於他會細講重點，不重要的地方，他不會白費唇舌。這就像一名優秀的教師，熟悉上課的內容要點，在教學法上不斷精益求精，而且能夠針對文章的關鍵處加以剖析，讓學生們可以通徹了解。

最後，自重而且要求品質。柳敬亭對於說書環境以及聽眾其實有著相當嚴厲的要求，這就像一名老師的自我要求和課堂管理能力。柳敬亭尊重他的說書技藝，他也要求聽眾尊重他，只有當聽眾準備好了，他才開講，「主人必屏息靜坐，傾耳聽之，彼方掉舌」。說書過程中，若有人不專心或者面露倦色，他就停止不言，而且「故不得強」。這就是一名優秀老師該有的態度，除了要有教書的熱忱，課堂管理也是必要的能力，一定要慎重對待教書的品質和自我要求，不可以擁有「我講我的，你要不要聽是你的事」那種被動心態。

〈柳敬亭說書〉裡有一句經典名言：「摘世上說書之耳，而使之諦聽，不怕其不齰舌死也。」這句話簡單來說，就是指如果把世界上其他說書人的耳朵摘下來，讓他們聆聽柳麻子說書，他們恐怕都會因為自愧不如而咬舌自盡。這句話雖然相當誇張，但從這仍可看見張岱對於他說書技藝的崇高推崇。我期待，有一天當同學們再次讀到這篇古文時，會想起曾經教過他們的李老師，希望在他們的記憶中我不僅是一位教育工作者，也是一位說書人，但是是臉上沒有麻子的——「現代說書人」。

菩薩低眉不如金剛怒目

相信大家都有聽過這句話「金剛怒目，菩薩低眉」。在佛寺裡，我們可以看到各種神態的金剛和菩薩，基本上金剛像都是比較不怒自威，俗語「怒目金剛」正是形容人的威勢、面目兇暴，以降伏誅滅惡人。相對的，菩薩像都是比較慈祥的，所以我們常說大慈大悲觀世音菩薩，而俗語「低眉菩薩」則是形容人的面貌態度慈祥，以愛感化他人。兩者形相、作法雖有差異，但都是為了幫助別人而有的方便形象。

回到教育的場景，其實老師也常在這兩個形象上轉換對調。如果一位老師總是「菩薩低眉」，遇到調皮搗蛋的學生，可能會連頭都抬不起來；相對的，如果一位老師總是「金剛怒目」，這樣的老師其實自己本身就會很累，而且會很不快樂。

剛當老師的時候，其實許多前輩都會教導進教室的第一堂課一定要凶。收起笑容，板起臉孔，一開始就先來個下馬威，把學生收服得服服帖帖，以後教學就會很順利。當然以我的個性，這招一定不合適，畢竟為了罵人而罵人，這可過不了我自己的那一關。然而，如果一味地追求當個「好好老師」，對於學生們的無理取鬧都視而不見、充耳不聞的話，其實這也不是件好事，畢竟菩薩只是低眉，並不是閉目。

我自認是個循著「菩薩低眉」路線修行的老師，通常我都會先以同理心給犯錯的學生們一次機會，然後觀機逗教。幸好，我體型比較大，嗓門也比較粗獷，基本只要一開口，眉頭一皺，大多數的學生都能感受到我的提醒，然後加以改善。當然，如果你問我是否曾經體驗過「金剛」現身的經驗，我會告訴你有的，而且現在的學生很機靈的，他們也會柿子挑軟的吃，專門欺負一些「好好老師」，而這時我就認為「菩薩低眉不如金剛怒目」。

那一年，我剛到一所中學實習，實習老師的正課比較少，所以當天若有老師請病假的話，我們常常會被安排去代課，而且是什麼課都要代。如果是非華文課的話，其實代課的責任很簡單，只需要進去教室點名，讓學生們自習，在場確保學生們的紀律，然後等下課。說起來簡單，但是做起來卻很考功夫，學生們最喜歡欺負代課老師，或更正確來說，欺負年輕的、別的科目的代課老師。我記得那是一堂中二的美術課，班上的同學一看到我的出現，馬上爆出歡呼聲，大家拍手叫好，因為這也代表，他們有長達兩節的自由時間！

那兩節課簡直是一場夢魘，現在回想起來，我甚至也忘了他們的美術自習作業是畫什麼，只記得教室內的小男生跑來跑去，小女生叫來叫去，簡直就像孫悟空大鬧天宮，哦不，是一群孫悟空大鬧天宮。這群小朋友也不是真的壞蛋，就是坐不住，也管不住自己的嘴巴，吵吵鬧鬧，紛紛擾擾的。有一個小男生還拿藍色的粉筆塗在自己的頭髮上，然後走過來問我：「Teacher, is my hair colour nice?」（老師，我的頭髮顏色好看嗎？）

如果我真的是菩薩的話，我也想善目以對，但我的忍辱修行還差火候。在第N次提醒一群男同學不要在教室裡跑來跑去的時候，我聽到了一句：「Don't care lah, he xxxxxx one.」我現在也不太確定他是在罵我，還是在罵他的同學，不過在課堂上直接大罵髒話，還真的是踩到了我的底線。

「Oei」的一聲！我怒吼回去，那聲線的穿透範圍大約擴及到隔壁的教室，在牆壁的粉塵還在掉落的同時，我開始一陣教訓，劈里啪啦地把這位同學好好地涮了一頓。教室裡安靜了下來，沒有人敢動，也沒有人敢抬頭看我。你知道血壓上升到一個境界，腦邊的太陽穴其實會不自主地跳動。而我大概就在那個時候體會到了金剛的「怒目相向」。

相傳在隋朝時，史部侍郎薛道衡有一天到鐘山開善寺參訪。他仔細觀察寺中的一景一物，好似身處人間淨土。這時正巧一位小沙彌從大殿向庭院走來，薛道衡突然動念頭想考考這位小沙彌，於是趨前問他：「金剛為何怒目？菩薩為何低眉？」小沙彌雖小，卻不假思索立即回答：「金剛怒目，所以降服四魔；菩薩低眉，所以慈悲六道。」

當老師的各位，其實不要害怕當惡人，有時候我們要角色扮演一番，這樣才能對症下藥。每位學生的根機不同，有些人可以慈眉善目，對他苦口婆心不斷勸說，有些人則是要怒目金剛相向，偶爾直接來個獅子吼，而這些都是老師們的用心啊。

「老師我的錢……不見了。」

沒錯，就是這句話，打亂了我一大早的好心情。

看著眼前的這位學生，雖然有點怯生生，但是她是懊惱的。我馬上安撫這位學生，詢問她是多少錢不見了？她說數目不大，不過這已經是第二次發生了。上個星期她發現錢包少了一些錢，雖然有所懷疑，但是覺得可能是自己記錯了，所以沒有做出任何反映。但是這個星期，當她回到教室打開錢包時，又發覺錢包裡面的錢好像更少了一些，所以她趕快來通知老師。

這件事情來得有點突然，而且有點棘手。雖然我已經不是什麼菜鳥老師，但是這種疑似偷竊行為的事件，我還是頭一次遇到。當下，我在腦海中不停地閃過著各種解決方法，但是思前想後，我仍在斟酌怎麼樣才能比較完善地處理這件事。我先鎮靜地謝謝這位同學，謝謝她對老師的信任，願意跟老師通報這件事情。我告訴她不要緊張，老師會好好地處理這件事，並且先請她回去班上休息。

天呀！我內心有點小抓狂：難道這是當級任老師的必考題之一嗎？

記得小時候讀書時，老師若遇到類似事件，處理方法不外乎就是「威逼『善誘』」。「威逼」就是請學校的訓導主任進來巡堂、扮黑臉，接著級任老師就會「循循善誘」，說著：「同學們，如果你們現在承認的話，老師就不會把它當作一回事。只要把錢還給同學，這件事老師就當作你們同學們之間的惡作劇而已。」當然，我們也都曾經歷過比較糟糕的經驗，例如全班罰站然後老師逐一搜查書包，或者老師要求全班學生把眼睛閉起來，讓學生自己自首，或讓其它同學指認所謂的「嫌疑人」。

後來，我們都知道這些方法並不管用，也不實際。如果在現代的課室採用以前的方法，這的確是不合時宜的。更何況，這並不是一件「少數服從多數」可以處理的事情，怎麼可以讓學生們指證所謂的「嫌疑人」呢?至少，我是不會這樣處理的，也不願意這樣的「偽公平」發生在我的班上。

面對這件事，我決定以一種心平氣和、不慍不怒的情緒來處理。老師的情緒很重要，如果你進去班上時是又急又怒的，學生們會知道老師慌了。心若慌了，事就亂了，那這個情況就更難處理了。我召集班上所有的學生，在進入課室前我先向那位同學釐清事情的來龍去脈。然後深吸了一口氣，把情緒壓下去，從容不迫但是嚴肅地在班上把這件事情的始末說出來。當我在描述這件事情，其實我是換一個角度來說，我是以關心班上的同學為出發點，告訴大家我們班上有一位同學因為把錢包留在教室內，所以錢不見了。我希望讓同學們知道，學校理應是一個安全學習、快樂成長的地方，如果有疑似偷竊的行為在我們班上發生，老師希望大家可以發揮同學愛，互相注意、互相照顧。

描述事件的時候，我不會說出是哪位同學的錢不見了，因為那並不重要。更不會加入自己的任何猜測，說出帶有情緒的句子，例如：「老師對你們感到很失望，我們班上居然有同學這麼不老實，手腳這麼不干淨。」這些，都是不必要的。我的出發點是要透過這件事情凝聚班上的同學們，我要他們學習互助互愛的精神，讓他們知道我們班上現在發生了這個問題，所以身為班上的一份子，每個人都應該一起努力避免這情況再次發生。

最後，我傳下了小紙條，讓每個人寫下聽完這整件事的感受。我必須強調，要讓全班寫下的是「感受」，而不是讓他們互相猜測誰是那可疑之人。有些同學寫說：「很驚訝！但是我相信不是我們班上的同學所做的。」有些則是說：「從現在開始，我會特別注意班上同學們的東西，如果他們忘記拿走，我會提醒他們。」

有些人可能認為，要把整件事情查個水落石出，這個級任老師的必考題，才會高分通過。但是我認為，當我看到學生所寫下的「感受」如下：「老師，謝謝你，我想你已經知道所有的事情了。」我想，我的分數應該也不低吧。

你想知道的，新加坡老師

新加坡的教師節

認識一些台灣的老師，談不到幾句，他們就會問我，新加坡有沒有教師節？

「有啊」，我說。

接著，他們就會問說，那教師節有沒有放假？

「當然有啊」，我回答道。

沒想到語畢，他們都投以羨慕的眼光。

原來這幾年台灣由於勞基法的修改，公立學校的老師不適用相關法則，形成「老師不放假，勞工放假」的特殊現象。對於在教師節還需要上班的老師來說，真的是一大辛酸。

幸好新加坡沒有這個問題。新加坡的教師節，老師和學生大家都可以一起放假，和樂融融！我在心中暗自竊喜。

然而，他們的第三道問題，我通常都會不知道要如何回答。

「那，新加坡的教師節是什麼時候？」他們問。

「呃，這個我不知道，因為新加坡的教師節，每年的日期都是不一樣的。」

「什麼？新加坡的教師節沒有固定的日期？怎麼可能？」他們都驚呼不可思議。

「真的啊」，為了更好地回答這個問題，我還特地上網搜尋了各國有關教師節的資料。

根據網上的資料顯示，「教師節」廣義上來講是一種感謝老師教導的節日，旨在肯定教師為教育事業所做的貢獻與努力。不同國家和組織制定的教師節時間都有所不同。例如，聯合國教科文組織是在1994年將每年的10月5日定為世界教師日，現在已經有超過100多個國家和地區慶祝世界教師日。然而，中國的教師節，從6月6日改至5月5日，現在則是統一定在秋季新學年開學之初的9月10日。台灣方面，則是在9月28日慶祝教師節，此日亦為古代教育先驅孔子的誕辰。每年的教師節，台灣各地的孔廟都會舉行祭孔大典，以表達對於孔子的無上敬意。然而，現在這個節日，在台灣只限於紀念，但不放假了。

原來，新加坡的教師節真的是比較特別，沒有一個特定的日期，但是它有特定的一個時間點，雖然每年的教師節日期都不一樣，但是那個時間段則是固定的。聽起來好像有點複雜，請容我向大家說明：

新加坡的學期基本上可以分為上下兩個學段，每個學段再分為兩個學期，每個學期為期十周。所以，一年共有四個學期，每一個學期中間都會以假期間隔開來。例如，第一個學期的十周上完後，就會小休一周，接著是第二學期的十周課程，結束後會有一個比較長的學校假期，然後以此類推。

而新加坡的教師節就會固定設在每年第三學期最後一周的星期五。星期五放假不上課，前一天的星期四各校也都幾乎不上課，都是舉辦教師節慶祝會。那個特別的星期四，通常都只是舉辦半天的活動，所以學生們放學後，可以回去自己的母校，探訪之前的小學或者中學老師。

新加坡這種類似「滾動式修正」的教師節，雖然每年的日期都會不一樣，背後也沒有直接與傳統文化有所關聯，但是這個假期安排得特別好，好在特別人性化。在高壓的教學環境下，有這樣的一個節日，甚至是節日之後接下去的假期，讓師生們有機會可以適時地慢下來、停下來。讓老師們喘口氣，調整步伐；讓學生們有機會學會感激，傳達心意。新加坡的教師節，真的很不一樣，而且我覺得這樣的安排真的很好。

這群台灣的老師們聽了後，都露出無比羨慕的目光，每個都心癢癢的想要來新加坡教書。

「但是……」，我提醒道。

「我們假期還是要來學校補課、開會、培訓、舉辦各項露營活動及課外活動，而且參加這些活動我們都是無償的。還有在新加坡擔任班導師也都是責任制，沒有額外收入的哦……」

「那欸安餒（台語：怎麼會這樣），那可不可每一個學期都有教師節啊！」

我也想。（笑）

辦公室的美容師

今年開學後，因為某些人事上的調動，以及本身教學任務的調整，我搬到比較遠的辦公室。有些人笑說「那是風水寶位啊，天高皇帝遠，悠閒又自在」。的確，我現在的辦公室在學校的某個角落，六個人一間，相對來講比較寬敞，工作起來也特別起勁，畢竟沒什麼人打擾。

新辦公室的座位相當不錯，雖然地理位置偏遠了一點，但是我也相當享受這種鬧中取靜的愜意。搬來不久，我發現這裡的地板灰塵特別多，想說畢竟自己是新過來的，還是幫忙整理一下，於是拿起掃把和拖把，把辦公室好好打理一下。沒想到開了個頭之後，辦公室環境打掃的「任務」就不知不覺地落在我的身上。掃地的是我，倒垃圾的也是我，原來我們這裡太過偏遠，常常被負責這棟清潔的阿姨給「忽略」了。

原本我身處的大辦公室有一個專門每天幫我們清理座位垃圾桶的清潔阿姨，她十分親切友善，而且身手俐落。兩層樓的辦公室的清潔由她一個人負責，每天一定會掃地，每週一定會拖地，反正有她在，我們的辦公室就是整潔清爽。而她的名字也特別有趣，叫作「阿香」。

到了新的辦公室之後，發現沒有清潔阿姨，必須捲起袖子打掃時，我就想起了「阿香」。

現在每天早上，我都會先燒壺熱開水，在開啟電腦前，先拿起掃把掃一圈。一邊掃地，一邊思考今天的待辦項目有哪些。我們的辦公室不大，幾分鐘就掃好了，這時水也滾了，正好可以泡一杯咖啡。沒有了「阿香」，只好靠著「咖啡香」，調整自己的心情，準備一整天的奮鬥。

剛開始我覺得打掃辦公室環境還挺抒壓的，畢竟環境整潔，心情也會比較好，工作效率說不定會因此而提高，一舉數得，何樂而不為呢？但是，一天一天如此掃著，有時地上的塵埃也會不小心掃進了心裡。

「啊，那個倒垃圾的時候要記得垃圾桶不只有一個哦～」

「你等下可以順便幫我把這些不要的檔案夾抱下去嗎？」

「這些紙張可以回收，你要記得不要丟進垃圾桶，而是要丟到停車場的回收箱。」

聽到這些話時，有時候我會被嚇到，不過我也只能在「哦」的一聲後，微笑以對。

每當我跟朋友們稍微抱怨要打掃辦公室，並且每天自倒垃圾時，他們都會笑說你是打算連清潔工友的工作都要搶走嗎？為什麼不直接投訴到管理層呢？

為什麼不投訴呢？因為我不想得罪人？還是因為我不想讓別人覺得我太過於計較？

不知道是什麼原因，或許是自己也在尋求一個最佳的解決辦法。一個月過去了，一天早上，我終於看到傳說中負責打掃我們這棟樓的清潔奶奶。是的，清潔奶奶，她已經七十好幾了吧，雖然頭髮染成黑色，但是背部拱起來的她，走起路來相當費力，一拐一拐的。本來想要詢問她是否可以每天上樓倒垃圾，看著她那慢吞吞的背影，終究還是把那句話吞了下來。

我沒有一個解決問題的好辦法，因為如果投訴管理層，我怕清潔奶奶會失去工作，畢竟她的身體狀況不是很好。我只能轉念告訴自己做好事，要保持歡喜心，不要計較自己做得比別人多。人生只要多一點甘願，或許就會多一點歡喜。只要歡喜心常在，當一下辦公室的「美容師」，又何必計較呢？

家長會會家長

一年一度的家長會昨天終於圓滿結束了。從晚上六點到九點，一直不間斷地會見學生家長，那一剎那彷彿自己變身為國會議員，在基層聯絡所（Residential Committee Centre）接見各個居民，為他們提供一個傾聽及解決問題的平台。

許多老師都很怕家長會，尤其是新老師更是戰戰兢兢，深怕遇到態度強硬、又不講理的家長。有許多教育界的前輩都會溫馨提醒，今非昔比，現在的家長非常保護孩子，老師被家長們責備至落淚的事件更是時有所聞。對於我來說，我則是非常期待與家長會面的機會，因為這種雙向的深度交流，除了是了解學生的大好機會，也是反省自身教學的最佳契機。

昨晚令我印象最深的莫過於與家長分們分享華文課堂上的各項活動，例如讓學生親手設計紅包，通過「做中學，學中做」了解農曆新年的習俗和傳統文化；讓學生觀看陳子謙的《小字條》，透過短片啟發學生對於親情、成長、離別的多重內心感受，讓他們把內心的感動轉化為文字的抒發；讓學生在課堂上觀看華語電影，通過影片學習衝突、轉折、隱喻等文學概念；通過介紹新謠、本地音樂劇，讓學生了解華文在新加坡的發展與傳承，以及語言的創意和可塑性；讓學生在母親節親手以母語寫封信給家長，希望他們能與母語更加貼近等。

正當我講得興高采烈、口沫橫飛的時候，一位家長舉手提問：「老師你這麼年輕，你認為這樣的教學方法，有效嗎？」

這個提問的口吻雖然輕如鴻毛，但對我猶如當頭棒喝。平時能言善道的我，當下也只能語塞，在心中不停思考著，讓這位家長疑惑的是我的「教學資歷」？「教學方法」？「教學效果」？還是三者皆是。

換位思考，其實我能理解這位家長的關心。如果一堂課精彩熱鬧，但學生上完後卻沒有辦法將其效果反應在考試成績上，那這堂課是否算是「金玉其外」呢？我不知道是現在的家長太過「現實」，還是身為老師的我們太過「理想化」？家長是注重成績的，老師們在教學上則是充滿熱忱和抱負的。老師們總希望多教一點，讓課堂生動有趣一點，希望各種活動能在學生們的內心某處種下一顆種子。就算這顆種子無法發芽成長，但至少我們曾經努力過，而且問心無愧。

現實和理想是天平上的兩端，如要取得平衡，又不要落入中庸之道，那是我未來教學上的學習目標。我很感謝這位家長的提問，因為他讓我停下來探討教育的本質，也讓我領會到要有同理心，教書除了自己要教得開心，也要顧及到老師、學生、家長的三角平衡。最重要的是，如果這三個稜角有一天若能磨平，化為一個同心圓，我相信受益的一定是廣大群體。當然，這雖然是個「現實」的夢想，但你們一定會笑我太過「理想化」了。

一句話惹怒你職業

最近網上開始流行這樣一個挑戰，分別讓讀者投稿，寫下惹怒自己職業的一句話，然後插畫家會選出一些經典句子設計成圖檔，這些圖檔相當有新意，成功在網路上獲得許多迴響。

這項「一句話惹怒你職業」的活動十分有創意，看來大家都對這些話語心有戚戚焉，有些句子十分經典，殺傷力十分強大，就算隔著螢幕看也能感受到各位投稿人的憤怒。

我摘下了一些例子來與大家分享：

針對運動教練：真好，只要運動就可以賺錢！

針對櫃檯人員：你知道我是VIP嗎？折扣呢？

針對交通警察：酒駕而已，又不是殺人放火。

針對大學教授：除了會讀書，你還會做什麼？

針對節目主持：不會唱歌也不會演戲的才去當主持人。

我們常常說「三百六十行，行行出狀元」，術業有專攻，但是有些人就是不把專業當成一回事。在這要求服務至上的社會，有些人為了爭取到更多的好處，武裝了自己的言語，卻丟失了自己的氣度。

我問了身邊的朋友們，聽聽他們身為老師時最討厭聽到的一句話是什麼。我想問了十個老師，大概會有九個都會說出這句話：「老師的工作非常輕鬆，薪水高，時間短，每年的假期都很長！」剩下的一位，他說聽到最過分的一句話是出自於家長的口中：「你知道你們老師的薪水都是我支付的，我是納稅人吶！」可能這位家長以為當老師的就不需要交稅了。

以前我聽到這些話的時候，也會被一秒激怒，馬上嚴厲指正這個錯誤的觀念並且加以解釋。但是聽久了，雖有無奈感但也就笑笑面對，有時甚至會假裝點頭同意，外加一句：「你要來試試看當老師嗎？」

小時候我們常常聽到理想中的工作就是要錢多、事少、離家近。但是長大後我們都知道這是個遙不可及的夢想，甚至只是一種茶餘飯後的空談和幻想。每一份工作都有其辛苦甚至心酸之處，其實沒有必要把自己當成高人一等，肆意發揮想像力批評別人的工作。我們的社會需要更多溫暖，而這些沒有經過深思熟慮的酸言酸語，其實都是不必要的。

設身處地，為他人著想。在遇到各行各業的工作人員時，只要一句「辛苦了，謝謝你」，我想你將會獲得更加優惠的服務體驗。

對了，不知道我的學生最討厭聽到的一句話是什麼?希望不會是：「同學們，我們上課了~」。但是，身為老師的我，我想最會惹怒老師們的另一句話應該就是：「補習班不是這樣教的。」

甘為孺子牛

2020年的教師節比較不一樣，除了因為疫情的關係，整個學校比較沒有慶祝的氣氛，也因為這段時間在《聯合早報》上「交流站」所刊登的一篇報導，引起了教育界，尤其是母語老師之間的熱烈討論，在這個特別的節日中也特別令人感嘆。

在劉文注老師所寫的〈母語口試主考教師面對的困境〉（以下簡稱〈口試〉）一文中，我覺得筆調已經相當理性客觀，除了第一段的開頭使用了「災難」、「個中辛苦是其他科目的教師所無法理解與體會的」等語，仍可有更好的修飾以外，我真心認為這篇文章並非特意抨擊考試制度或者一味訴苦。說一句不好聽的話，他只是把老師們出去外校考口試的真實情況，如實地反應出來。而這個情況，真的不好處理，而且說出來也不好聽。

我相信劉老師當初願意投稿報章，寫出〈口試〉一文時，一定沒有想到會引發那麼多讀者的討論、甚至辯論。除了看到有些溫暖人心的回應如：「老師們，辛苦了！」，更多的留言是比較激烈的，如：「十四小時也不過幾天的事，沒什麼大不了的。我以前每星期總有幾天要加班工作近十六小時」、「老師薪水照拿，還怨什麼怨」，甚至有些人直呼：「不是母語老師辛苦而已好嗎？其他科目的老師也是一樣的，重要是有愛心就做，沒有就不要幹。」

我不知道劉老師會不會看到這些留言？不知道他是否會感到不知所措？原本只想提出問題，得到有關當局的重視，希望可以讓現在的這個困境得到某些程度的改善，畢竟這對於「老師－學生－家長」三方都有益處！但同為母語老師的我，讀完這篇文章，看到這些留言後真的是倒吸一口氣，第一次如此深刻體會到原來說實話是需要勇氣的，居然有讀者說：「這篇狗屁文章如果是訴苦，那麼就該罰抄寫一百遍『俯首甘為孺子牛』，仔細咀嚼做老師的初心。」

怎樣才是有愛心的老師呢？什麼才是老師的初心呢？

我同意每個人在職場上都很辛苦，在學校裡的各科老師都很認真，更相信每位老師都是有愛心的。但是，對於這些有愛心又肯付出的老師們，我們是要想辦法改善這個制度，還是要讓他們妥協於現有的制度呢？就好像若有人投書媒體，提出組屋漏水，年久失修，身為讀者的我們總不會回說：「又不是每天都在下雨，偶爾漏水沒關係啦」，或是「頭頂有得遮蓋，該知足不要抱怨，有錢就去住私人洋房」！

根據原文，劉老師如此說道：「（考口試期間）早上0630出門，中午12時之前都在學校教課批卷，下午1330前趕赴考場，傍晚1830過後離開考場，回到家是晚上1930，總共13個小時在外。」

而我個人的經驗是如此：口試期間0700之前到學校，然後開始與程度比較弱的學生們開始進行口試訓練，與他們討論最近的熱門話題和注意事項。接著0730開始上第一節課，然後教課到下午1300，趕在1400之前到外校考場報到。

如果幸運的話，同事和你被分配到同一個考場，便可以搭乘順風車，但是更多時候，考評局為了公平分配，同校的老師都會盡量不分配到同一個考場，所以往返的交通都要自己安排。接著，一天的考生多達15至18個，如果一個同學的口試時間大約10至15分鐘，下午1430開始進行口試，請問幾點才可以結束呢？

我自己是在初院任教，所以在外校考口試的那十天，我都是把時間切割成三段，早上在學校教書，下午在外校考場考口試，傍晚回到學校繼續課外活動的訓練。雖然課外活動並不是每天都有，但是初院的課外活動都是傍晚開始進行的，所以我們考完口試之後還要趕回學校，並且是一個星期至少兩次。

我們不是在計較，也不是在抱怨，更不是在強調或者突顯母語老師的辛苦。我們只是在反映真實情況。中學的英文老師們也需要去外校擔任任口試的主考官，科學老師們也需要主持校外的科學實驗考試，所以我們母語老師特別能感同身受。我們再辛苦，擔心的也是學生無法得到最完善、最公平的評分。人間處處是溫情，希望大家在看待這件事上能夠持有多一點同理心，讓我們在情況得到改善之前，仍可保有繼續奉獻的動力和意願。

「俯首甘為孺子牛」是一種偉大的犧牲、無私的奉獻精神，特別適合獻身教職的各位老師，但是請大家不要忘了這句話的前一句是：「橫眉冷對千夫指」。對於種種不理解的聲音，希望各位母語老師能夠繼續站穩腳步，在這特別的節日裡，還是要向你們說聲：辛苦了，也幸福了！

多疑且溫柔

以前剛開始教書時，這間學校出勤點名是由學生自行負責的。每早學生抵達學校的時候，就拿出易通卡[2]（**EZ-Link card**）在學校設置的機器上「嗶」一下，學校系統就會自動登記他們到校的時間。這種方法在好幾年前可算是非常新穎，有點像是成人工作時上下班要「刷卡」的概念。老師們喜歡這個系統，因為以前總有幾位同學遲到時喜歡說：「老師我沒有遲到，我只是肚子痛，剛才升旗禮的時候我在廁所。」但是，如果是以電子系統點名的話，老師一查馬上可以知道學生是否有準時到校。

學生的易通卡是實名制，一個人一張卡，這個制度本應沒有問題。但是問題就是，不是每個人來上學時都需要乘搭捷運或者巴士，有一群學生其實是由父母專車接送的。所以某些特別頑皮的同學就會把他們的易通卡交給會早到學校的同學們保管，如果某一天感覺自己會遲到時，就趕快通知同學讓他們幫忙「代刷」。後來這個情況特為嚴重，凡是學校運動會還是什麼節日慶祝會，不難發現有一些同學手裡都會拿著一疊厚厚的易通卡，在點名機器前「嗶~嗶~嗶~」。

過了一陣子，校方覺得這個打卡紀錄出席率的方式漏洞太大，所以轉為要求學生們改以「指紋」打卡。這下可好了，同學們總不能切掉自己的食指，然後交由同學們「代打」吧。不過，上有政策，下有對策，很多同學開始嘗試各種方法，例如把指印壓在黏土上，想要土法煉鋼製造一個可以替代的食指指紋。我是不知道這樣是否可行，可是後來我發現許多學生遲到的時候也就只是輕描淡寫地說聲：「哦老師，我沒有遲到，只是機器壞了，感應不了我的指紋。」

過了幾年，教育部行文各校有了比較明確的規定，各校老師在點名時必須親力親為，不能依靠電子科技，以免「所託非人」。我校這幾年，也是特別重視學生的出勤記錄，老師們一定要親眼看到學生在教室，並且確保因故沒來的學生都會由老師親自聯繫。是的，如此一來老師們的行政事項更加繁瑣，因為隨時都要注意學生的狀況，並且及時跟進和回報。

我有一位精明能幹的女學生，開學至今已經多次沒來上課，我查了一下她的出勤紀錄，發現幾乎每週的星期四她都會很不巧的生病。每次詢問她的情況，她都會一臉無辜地表示，老師我也不知道啊。嗯，翻看了手邊的課表，哦~原來星期四她的課要上到下午五點半。

這個星期五是公共假日，這位學生居然星期一到星期四都請病假沒來上課，算一算從上個星期六到下個星期一，她居然有長達九天不用來學校的「福利」。根據我的經驗，我知道這位女學生的情況「不簡單」，不管是身體不適還是另有隱情，都應該是要趕緊匯報給學校。我通知這位學生的級任老師，沒想到得到的反應則是：「沒關係我們再觀察看看，這位學生或許只是身體不舒服，沒什麼好大驚小怪的。」

我特地查了學校系統，這位女學生的監護人居然不是家長，而是親戚，至於這位親戚是否有與她同住在一起，我無法得知。但我心中總覺得這位女學生的狀況有點讓我隱隱擔憂。後來我通知了校方，經過側面打聽，據說這位學生總是頭疼和莫名嘔吐，月底將會安排去醫院檢查，希望只是心理壓力而造成的身體不適。

有人認為我是不是太過多疑，小題大做了。但我無法像個冷冰冰的點名機器，只會「嗶～嗶～嗶～」地點名。我的多疑，只是一種對學生的關心，雖然有時候別的同事可能會認為我沒事找事做，但我寧願做個多疑且溫柔的老師。

註釋：

[2]「易通卡」是新加坡的非觸式智能卡系統，模式類似香港八達通及台北悠遊卡。

往年的校慶都是在周末舉行，那可是一年一度的重頭戲，有時候出席的人數可以多達好幾百人，若加上家長和老師們觀禮，參與人數應該會接近千人左右。新加坡的校慶活動，比較像是頒獎典禮，會邀請應屆的畢業生回來學校上台領取各個獎項。今年我校的校慶原本打算要在網上舉行，採取預錄或者直播的方式，讓大家在疫情下仍可以共襄盛舉。

當校慶籌備組的老師們得知今年的校慶是在網上舉行，大家原本都鬆了一口氣，畢竟網上預錄典禮的話，比較不會有突發狀況。不過，這時墨菲定律又發生了。我們常笑稱：「計劃趕不上變化，變化趕不上老闆的一句話」。校長臨時通知，因為有部長級的官員確定可以出席一個小時的實體校慶典禮，所以今年學校決定校慶將會以雙線進行，四月底先舉辦一個小型實體頒獎典禮，然後五月底再舉辦一個線上大型校慶。

我同意，有部長級的官員來訪，並且願意擔任校慶嘉賓，這可是佳事一件。但是這也代表所有校慶籌備組的先前準備，都必須要提早一個月完成，而且我們從被通知到舉辦頒獎典禮，不誇張……只有不到十天（包括週末）來規劃、籌備和彩排。這過程之煎熬，可以說是教師生涯中的一大考驗，有時候不禁心想，老師不僅要在教室裡春風化雨，還要在各項活動中承擔、規劃，難道我們拿的是雙倍薪水嗎？那陣子籌備組的老師們在走廊上看到彼此的黑眼圈時，也都笑笑地搖著頭，感覺自己好像是全職的活動策劃，然後是個兼職的課堂老師。

當然，抱怨歸抱怨，該做的規劃、該完成的事項，還是要面對。其實學校就是一個社會的縮影，有時候在忙碌、心情低落的時候，換一個角度，或者放慢速度，在不經意之處也可以看到那微弱的星光在閃爍著。典禮前，我看到校工們一遍又一遍地打掃校園，也看著他們走進禮堂，辛苦地彎著腰替一張張的椅子消毒，為的就是確保大家能夠在一個舒適、安全的地方享受領獎的喜悅。他們服務的背影著實令人感動，而我也只能告訴自己一定要更努力準備讓這個慶典能夠順利舉行。

典禮開始，我站在大舞台的後邊右側方，暗中指導者台上三位負責傳遞獎杯的學生代表，負責提醒他們頒獎禮的順序。在頒獎禮中，最怕的就是把獎項頒發給錯的學生，或者突然發現獎狀或者獎杯少了一份，造成場面大亂。所以我的任務就是在後台緊盯著前台發生的事情，然後隨時準備處理任何突發狀況。通常頒獎到了一個階段，就會有影帶播放或者嘉賓致辭，而當我想要找個椅子坐下來休息一下時，我看到了我的正對面，也就是舞台的後邊左側方。那裡也站了一位老師，他站得可挺拔呢，仔細一看，他正聚精會神地「一字不漏」注意著台上學生司儀的講稿。是的，這位老師負責培訓學生司儀，從寫稿、修稿到發音、語速的調整，我們的學生司儀背後的那顆星——正是他。

一場慶典的背後，有些人或者有些事，會讓你覺得莫名其妙，甚至不可理喻，這些都不在話下。但是，有時候，或者更多時候，慶典的背後其實也有許多動人的畫面，而當這些畫面伴隨著那些得獎者的燦爛笑容，好像還是會很自虐地覺得：付出挺有意義的。至於你若問我，典禮結束後要不要去好好大吃一頓，我想套用一句副校長說的話：「我只想好好睡一覺！」

掌聲，是給自己的溫柔提醒

那一道光

回來學校教書，覺得自己有進步的地方並不是什麼教學方法，還是課室管理能力，而是看待學生的「眼光」。這一年的抽離，讓自己沉澱了不少，現在能夠把自己看得「更輕」，也把學生看得「更清」。

那天中午，我抽空去看了一場校際籃球比賽，在球場上我看到一個球員的眼神，我馬上知道他「迷惘」了。他是一個很認真的小球員，真的很認真，球技雖嫌稚嫩，但是他很認真地在場上跑上跑下。只是，稍微一個不留神，他的防守出現漏洞，被對方突破後輕鬆拿下兩分。

「喂！」我看到教練激動地跳起來喊向他。聲音劃破整個籃球場，這位小球員很努力，但是沒有做好防守的動作，因此被教練罵得最凶。

我在場邊看著，他的眼神有點「驚訝」，也有點「受傷」，但是他仍然抬起頭，就像一頭英勇的小獅子在舔舐自己的傷口，痛——但是忍著不吭聲。

我看到了他那眼神，睜大的瞳孔，握緊的雙手，這一切我都看到了。我本可以一笑置之，但是我不行，因為我看到了那眼神後面可能是一道被滅的光。

以前的我可能會直接拍拍他的肩膀，跟他說：「Come on，誰沒有被罵過，教練也是為你好才會要求你。你是個有潛力的球員，才會被如此要求啊！」

但這次我並沒有出聲。

我只是靜靜地看著，等著。

有些東西是需要時間醞釀的。當下我知道他無法了解這麼多，而我也是好多年之後，當上老師、當上教練，自己帶領球隊之後，才慢慢開始體會那些教練對球員們的用心良苦。

我記下了他的那張臉。過了兩天，當我在學校巧遇這位小朋友時，我跟他點了點頭。他有點驚訝，因為我們真的不熟，我連他的名字都不知道。不過這次，我走上前，我只是告訴他：「我看到了，我看到了你的努力，以及當時的無能為力。」

我覺得我沒有看走眼，因為在與他簡單談完之後，他的眼睛亮了起來，那可是一道希望之光啊！

教育的意義是什麼？

有些人認為是要考好成績，取得好成就；我認為是點燃希望，尤其是遇到迷惘的折翼天使時，更要適時地幫他點亮那一道光。

課堂上的挫折

之前在上課的時候，跟同學們討論過一個話題：「面對挫折是人生成長的必修課。」在課堂上我們侃侃而談，討論的話題都是正面取向的，甚至我們都同意在人生中遭遇挫折是必要的，因為在面對挫折時，能激發一個人的潛力，讓人突破重重困難。

關於「挫折」，我們在言語甚至思維上，都是相當樂觀進取的。相信許多老師們看到同學們在學習上遇到挫折時，大多都會鼓勵他們做一個樂觀向上的人，把挫折當作是人生的必修課，勇敢去接受人生的所有挑戰。對，我們說的時候容易，但是回想起來，或許這些安慰對學生們大多是「隔靴搔癢」，無法起到太多的作用。原因很簡單，因為身為大人的我們，如果在現實生活中面對挫折都無法輕易釋懷，又何必如此要求學生們要馬上充滿正能量呢？

在生活中，我們常常會遇到許多令人失望的挫折，我認為這是不可避免的。但是，挫折又分為許多種類，有些是因為夢想大過能力而受挫，有些則是在不可受控的原因影響下失敗而受挫，後者的受挫感更重。而這在教書的過程中也會發生。

當我還在學校實習的時候，教育學院的一名指導老師來觀課，而那次的觀課是一次重要的考核。我記得那堂課是「作文講評」，我把同學們的作文帶回家改得非常詳細，每份作文都寫滿評語以及鼓勵的話。然後我把同學們的作文段落逐一打入**PPT**簡報，準備在課堂上大展身手。結果，觀課當天，我到了教室才發現上一堂課的老師還在滔滔不絕地教學，所以我就把在門口等待的學生們和指導老師請到了隔壁教室準備開始上課。

沒想到在這之後就是一連串惡夢的開始，因為這間教室的投影機是壞掉的，無法投影**PPT**簡報。這時同學們和老師都已經就坐，批改好的作文也發還下去了，簡直是「箭在弦上，不得不發」，只好頭皮發麻硬撐著繼續上課。我拿著白板筆，儘量把重點寫在白板上，然後轉身對學生進行作文評講。一邊寫，一邊轉身講課，然而寫著寫著，我發現白板中間的投影螢幕居然是釘死的，無法拉起來繼續以板書進行教學！這次是我課堂上的第一次挫折，下課後我的襯衫是濕透的，嚇濕的。

第二次則是在「虛擬課室」裡發生的經驗。自從政府宣佈了全面停課，所有學生在家學習之後，老師們也是在家裡網上授課。我們改變了教學形式，走進了虛擬教室，但是在操作技術上的問題還是層出不窮。為了上好一堂「網課」，老師背後的付出可是不少的。不管是家裡器材上的設置，還是網課內容上的設計和準備，都是相當費功夫的。結果當一切都準備好開始上課時，教著教著突然間聲音開始斷斷續續，然後直播的畫面變得卡卡的，接著就看著螢幕一片黑，然後就沒有然後了。原來是網路服務故障，而我的理智線也要斷了，只好匆匆傳訊息給學生們提早下課。這次是我課堂上的第二次挫折，下課後我是氣餒的，因為束手無策。

這些課堂上的挫折特別難忘，因為皆是受到不可預測或者無法控制的原因而「被迫」受挫。尤其這些事情因為當下具有時間性，特別難以挽回，因為一堂課就是這麼長。上課內容或許過後還可以再補回給學生，但是當下的不完美難免會帶來失落感。套一句流行語：有期待才會受傷害。從好的角度來看，或許對於教學上我還是有所期待的。

迷人的粉紅色

衣若芬老師之前在《聯合早報》的專欄中發表了「穿粉色襯衫的總理」一文，以文圖學的角度，分析了李顯龍總理的粉紅色襯衫。文中引用了許多關於色彩學的理論和例子，並且提出了「粉紅色」象徵鎮定、安撫和療癒——意指當下雖然疫情嚴重，但總理通過襯衫的「色彩語言」，告知人民放輕鬆一點，國家物資儲備充裕，不必緊張搶購囤積。文章的結尾，衣老師也一語道破：穿粉色襯衫的總理，那粉，是新加坡國旗融合的顏色。

的確啊，粉色，是紅與白的結合，是新加坡國旗融合的顏色。難怪我總覺得李總理時常穿粉紅色襯衫，而且他的確很能駕馭這個顏色，顯得特別有朝氣。粉紅色，在李總理身上可說是特別「吸睛」而且有「男人味」，簡單套句流行語就是「夠Man」！為什麼會把「色彩」與「性別」結合在一起呢？我想這就是許多人固有的刻板印象，「女生就是喜歡粉紅色、男生就是要喜歡藍色」，從小孩的玩具、衣服、甚至生活用品等等，我們可以一窺而知，許多人從小就把顏色和性別掛鈎在一起，而且密不可分。

但你知道嗎，時代在改變，全世界的性別教育也不斷在加強，就連芭比娃娃的製造商（Mattel，美泰）也打破了以往娃娃只能女孩玩的刻板印象，於2019年推出新的玩偶系列名為「Creatable World」。而這一次芭比不再是個粉紅色的美麗小公主，這個系列的娃娃沒有任何性別的限制，主打標語正是：「60歲的芭比娃娃，撕掉了性別標籤」，讓芭比的形象變得更加豐富和多元，也使得公司更加受歡迎。

今年的四月中，有媒體向台灣疫情指揮官陳時中部長反映，有小學男生因為收到粉紅色口罩，擔心會在學校被人嘲笑，所以不敢戴。結果這位部長以行動支持這位小男孩，他不是幫他把口罩換成藍色，而是率領一票行政官員和防疫專家一起戴上粉紅色口罩召開記者會，強調口罩的顏色都一樣，防疫不分男女，借此化解小男生的疑慮。陳部長甚至幽默地說：「粉紅色其實也不錯，我小時候最喜歡看的卡通影片就是粉紅豹，粉紅色在那個時候確實是很紅的一個顏色。」

「粉紅色口罩」事件在台灣發酵，一瞬間「粉紅色口罩」成為炙手可熱的商品，除了許多商家都回應讓商標戴上粉紅色口罩之外，就連藝人們也共襄盛舉，在電視上受訪或者進行網路直播時也戴上粉紅色口罩。台灣總統蔡英文也在社交平台上發圖支持，並且表示「不管男生或女生，粉紅色都是很棒的顏色」，其它政府機構也相繼跟進，把單位識別圖案改為粉紅色表達支持。在疫情嚴峻的時候，這一波「粉紅色浪潮」的意外插曲，也讓人民焦慮的心緩了緩。

顏色天生沒有性別之分，是不同社會將顏色做不同的意見表達。反觀本地教育制度雖然有照顧到「性教育」的部分，但是對於「性別教育」這個範疇還是屬於剛起步的階段。凡事起頭難，學校要推廣「性別教育」的話，這又牽扯到民間以及政府是如何看待這件事。畢竟，若整體社會環境還是比較封閉、羞澀，甚至不夠友善的話，要取得進步會需要更久的時間。

我只能期許在我的課室裡，沒有學生會因為性別的刻板印象而感到焦慮或者煩惱。我希望在我的班上，所有學生可以勇敢、快樂地做自己，而更重要的是，大家都需要學會共同建立一個充滿同理心與尊重的友善環境。若往後遇到有男生因為「粉紅色」物件而困擾時，我會告訴他，你看看李總理的襯衫，那可是迷人的粉紅色啊！

那一晚，一碗雲吞麵

這幾天看到一則新聞，內容是在講述某間本地老字號大型雲吞麵，為了商標擁有權而鬧上法庭打官司。細看新聞，發現這家雲吞麵可真不簡單，雖然只是小小的一碗麵加上幾粒雲吞，但是一年的營業額可達新幣150萬元，數額之高令我驚訝，可見雲吞麵真的是新加坡人的平民美食並且大受歡迎。

說到雲吞麵，雖然我不是什麼老饕，也不是特別鍾愛它，但在我的教書生涯中，雲吞麵卻佔有重要的一席之位。

首先，每當我看到班上的同學們無精打采時，我就會講幾個冷笑話來活絡一下課堂氣氛。為了拉近與同學們之間的距離，我最常說的幾個冷笑話其實都跟本地美食「雲吞麵」（Wanton Noodle）有關，畢竟大家都吃過而且知道什麼是雲吞麵。例如我會問同學們，你們知道天上的雲如果肚子餓的時候都會吃什麼嗎？答案就是「麵」，為什麼呢？因為雲「吞」麵。因為雲很餓，所以它「狼吞虎嚥」，只能用吞的。

看到同學們搖頭翻白眼時，我就會繼續打蛇隨棍上，問大家：你們知道世界上最有重量的麵是什麼？不是福建蝦麵，也不是馬來炒麵，答案就是雲吞麵。當然學生會問為什麼？我就會說，因為雲吞麵的英文是Wanton Noodle，諧音聽起來就像是One Ton Noodle（1公噸，也就是1000公斤的麵）。好啦，我知道我的笑話很無聊，但是至少我的冷笑話也抓回學生們的注意力，他們又可以專心上課了。

雲吞麵除了是我冷笑話中的常見角色外，它也曾溫暖了我的胃，以及溫暖了我的心。

2017年的5月，我剛好有一個難得的機會成為新加坡籃球16歲國家少年隊的負責老師。那一次我是身負領隊之職，要帶隊出國到菲律賓參加國際比賽。球場上的訓練和比賽調動，當然有專職的教練負責，然而球場外的行政事宜及球員們的生活起居都是由我負責處理、安排。

那是我第一次帶國家少年隊出國比賽，帶領一群小朋友浩浩蕩蕩從新加坡飛到菲律賓，然後與主辦單位接洽、交通安排、參與各國的領隊會議，以及照顧球員們的生理和心理狀態……每天都在學習，每天都在適應。

我猶記得剛到菲律賓海關時，就有球員因為年紀太小，海關人員不願放行通關，我還得簽切結書才肯放行。到了飯店，幾天後又有球員因手洗隔天的比賽球衣太用力，把整個洗臉盆都壓垮了，整個大理石台碎成一地，水管也爆開了，還要緊急通知飯店來處理。

反正在賽期中，我就是儘量把雜事都處理好，以確保教練以及球員們都能專心比賽，畢竟出國比賽就是要全力以赴，為國爭光。但是在高壓的環境下，我每天早起晚睡，那幾天忙來忙去、顧頭顧尾，結果不知道是水土不服還是太過求好心切，身體終究還是抵不過傷寒的侵襲。

一天早上，感覺有點病懨懨的。下午就沒有跟球隊去看別隊的比賽，直接回到飯店跟醫生拿藥然後呆在房間休息，結果到了晚餐時間發現沒有人叫我下來用餐。心想，奇怪，這個時間大家不是應該回到飯店了嗎？還是大家都已經忘記我了？其實我更擔心的是，是不是大家在回程的交通上遇到了什麼問題？我帶著一絲憂心離開房間。

走到餐廳門口，遇見第一個球員就說：「李老師，你還好嗎？」然後他重重地抱了我一下。我還搞不清楚狀況，只是笑笑地回答：「我還好」，感覺自己鼻音挺重的。

進到餐廳，看到球員們都在那裡，於是我走過去坐了下來。還沒開口，球員就說：「李老師，你先不要吃晚餐，這裡的晚餐不好吃。」

我有點不明其意，主辦單位每天準備給大家的三餐還不是一樣的嗎，幹嘛今天不讓我吃晚餐？

「不好吃，你們還不是吃了個精光，幹嘛不讓我吃？」我笑問。

「因為……因為……」

看到幾位小朋友急了起來，我繼續問：

「因為我沒有陪你們去看比賽，所以你們不讓我吃飯？」

「不是啦，李老師。因為我們知道你生病了，所以有些球員跑去隔壁的商場幫你買一碗熱熱的雲吞麵。我們本來要送到你的房間的，你先在這裡等好嗎？」

嗯，就是那碗雲吞麵；那一晚，一碗雲吞面讓我留下無與倫比的感動。

浪費時間

星期一下午是上華文課最不好的時段。原因有二。其一，之前的週末學生們過得十分快樂，星期一回來學校時，大家都是滿臉的不情願；其二，學生們上了一整天的課之後，大家都累了，到了下午還要上華文課，同學們哪裡會提得起勁來。因此在我踏進課室之前，我就計畫好今天要進行小組競賽遊戲，讓同學們以分組活動的方式來「樂學華文」。

三點鐘響。我滿心期待地帶著教學道具、手提電腦、分組指示，準備化身為孫悟空，以七十二變戲法來帶領眾學生遊戲課室。

三點五分。推開教室的門，一片低氣壓迎面而來。看看學生們個個低頭苦「睡」，滿臉倦容，我內心一驚，輕歎一聲：「不妙」，原來我齊天大聖還沒到，周公已經搶先一步來召喚我的「徒子徒孫」。我輕咳一聲，幾位比較醒目的同學開始搖醒身旁的同學。沒想到睡意一去，三急就來。

「老師，可以去上廁所嗎？」同學們問道。

我故作輕鬆地回道，「老師可以，你不可以，回去坐下。」

「哎喲老師，拜託，我們可以去上廁所嗎？」

「快去快回！」老師們都是嘴硬心軟的，心想讓學生們出去洗把臉，精神一下也是好的。

三點十五分。是的，快慢對於學生是一種抽象的概念。他們常把「快去快回」理解為「快樂地慢慢去上廁所，快樂地慢慢回來教室。」我鐵青著臉站在教室白板的前面，看著同學們拖著慢吞吞的腳步從廁所走回課室，內心的無名火越燒越旺。一堂課去頭去尾，還要扣掉你們上廁所的時間，那我還變什麼戲法？

三點二十分。全員到齊室內花果山，是時候好戲上場了。看到大家無精打采的樣子，我壓抑著不滿，臉帶專業笑容拿出金箍棒一揮，白板上出現「分組活動」四個大字，並要求同學們按照我準備好的分組指示進行分組。正當我滿心歡喜地想要大展伸手之際，突然一位坐在教室後面的男學生脫口而出：「老師你在浪費時間。」

「浪費時間？！！」「誰在浪費時間？」「浪費你的時間還是浪費我的時間？」

我隱忍了內心的獨白，但能感覺到我的血壓頓時飆升至高危險水平。兩旁的太陽穴因為這學生之言，憤怒且激動地跳動著。

我深吸一口氣，強壓內心頻臨爆發的怒氣。眼看時鐘的指標快要走到25了，我以緩和且堅定的聲調緩緩道出：「老師並沒有浪費任何人的時間，從開始上課到現在我一直站在這裡，從未鬆懈半刻。鬆懈的是你們，讓寶貴的時間任意溜走的也是你們。我知道你們下午上課很累，如果你對老師的教學方法有任何不滿的話，歡迎你來找老師談談。如果今天你不想上課的話，你也可以選擇踏出這間教室，冷靜一下。」

我知道後面那句話重了，但是比高傲，我還贏你五百年呢。

這名學生依然不滿，但他自知碰了個釘子。不發一言地走到分組的位置，把他的書包狠狠地甩在桌子上，「碰」一聲，一副就是「你奈我何？」的態度。

氣歸氣，課還是要照上。臉一抹，燦爛的笑容依然掛在臉上。後面二十五分鐘的分組活動進行得還不錯，氣氛佳、活動也熱烈。最主要是學生能在遊戲之中學習到華文，這才是重點。但他，仍舊不大願意配合，臉上還是籠罩著層層怒氣。

三點五十分。下課了，我找他單獨來談。我問他為什麼今天的情緒這麼激動，跟平時上課的樣子判若兩人。「老師你不要再浪費時間了」，他雙手交叉環抱著自己，一臉存心挑釁的樣子，似乎想告訴我，再問也不會有任何答案。

天啊！又是這句話！這孩子到底是怎麼了？

我知道今天他情緒失控的背後一定是遇到什麼麻煩。我無奈地笑一笑，輕輕拍拍的他的肩頭，輕聲問道：「你還好嗎？」他沒有說什麼，只是頭低了下去。

過後，我們談了一會兒。他還是沒有告訴我為什麼他的脾氣突然變得這麼暴躁，但至少他的火焰消了不少，眼神也比較友善了。這位學生並沒有向我道歉，但在下一堂課的作業裡，他努力寫了滿滿的兩頁，比其他同學還認真、還努力。

老師的職責不止是教書，最重要的還是教人。如果能夠花多一點心思在課堂的設計，付出多一點的關心來關懷學生們。就算這時間被標籤為「浪費」，我認為至少這「浪費」也是值得的。

誰來當老師

新加坡英語劇團「必要劇場」（The Necessary Stage）最近於網上播放往年的劇場作品，讓大家宅在家中也能有豐富的精神糧食。而最讓我最喜歡、最驚豔、最有感觸的一場戲劇演出莫過於2017年製作的《Those Who Can't, Teach》。這部舞台劇其實在新加坡的大大小小劇團演出了不少次，可謂是一個相當受歡迎的劇本，每次演出也都獲得許多迴響。畢竟，教育是一場「不可或缺」的人生經驗，每個人都曾經是某位老師的學生，幸運一點的話，你也可能是某位學生的老師。

這部舞台劇的中心人物聚焦在一位鄰里學校任職二十多年的潘老師（Mrs Phua），她在學校任勞任怨，在年輕同事的眼中深具「啟發性」，但是她的母親因為年老失智而不斷需要她的關心與注意力，干擾了她工作上的節奏。學校中的各種事務更令她分身乏術，身心俱疲。套一句她在劇中的獨白，「I was happy once」，然後舞台燈暗。

不管老師的情緒如何，到了學校進了課室，都需要調整心態，面對各種各樣挑戰以及處理各種人際關係。對於上司、同事、下屬、學生、家長、甚至對於劇中的食堂老闆，老師被要求在不同層面上必須要面面俱到，然而現實生活中卻常常是面面不討好。

你以為對學生好，學生就會領情嗎？劇中的潘老師就像學生們的媽媽，永遠都是這麼循循善誘、永遠都是為學生們著想，甚至在面對學生們的不理解和不可理喻，也只能默默堅持下去。當劇中的「壞同學」Teck Liang因為不滿學校的限制與規定，向她摔桌椅大喊發脾氣時，我們看到心碎的潘老師握緊雙手，她喊出了兩句話。這兩句話我重複播放了很多次，情緒力道之大，每次都撼動了我的內心。

「I have fought for you, Teck Liang.」

「I have fought for you like you would never believe.」

學生轉身離去。「我錯了嗎？」潘老師自責。舞台再次燈暗。

對於比較調皮的學生，老師曾經都有相似的經驗，為他們極力爭取亦或幫他們低頭求情。或多或少，有些老師也會像潘老師一樣，自我懷疑過。但是，許多老師還是固執地堅持下去。

對於教育全心全意地付出，潘老師就會受到每個人的讚賞嗎？劇中很精闢也很反諷地指出幾個發人深省的方面：她過度關心壞學生而忘了好學生也需要她的關照；等到她失智住進養老院的時候，才感歎一生中都在照顧別人的孩子，而忘了關心自己的家庭；等她要退休的最後一天，一位學生來向她道別，並且告訴她：老師你曾經告訴我只要用功讀書，總有一天我會成功，但是老師，直到現在——我還是沒有成功。

英文有一句諺語「Those who can do, do. And those who can't do, teach.」這句諺語有點低估教育的價值，甚至帶有一點歧視的意味。我一直認為這個劇名取得真好《Those Who Can't, Teach》，可以直譯為「那些沒能力的才去教書」，也可以把逗號拿掉，意譯為「教書並不是一件人人都可以勝任的工作」。希望有更多老師可以看到這個故事，讓他們獲得一些精神上得以慰藉的力量，也希望有更多人可以透過這個劇作，更加理解和體恤自己的老師和曾經教育過他們的老師。

老皮克和小皮克

最近看到一本童話故事，故事的標題就叫作《老皮克和小皮克》，而故事的開篇就是如此寫著：皮克先生想要一個跟自己一模一樣的兒子。

話說這位皮克先生曾經是一位美男子，他生怕他的小孩沒有辦法跟他長得一樣優秀，所以一直不願生小孩。過了數十年，皮克先生老了，在一次因緣際會之下，他得到了一塊神奇泥土，他看著鏡子裡的樣子，捏出了小皮克。小皮客除了尺寸小了一些，其他地方與老皮克可以說是惟妙惟肖，頭頂沒有多少頭髮，但是鬍子卻一大把，更別忘了那又圓又大的酒糟鼻。

老皮克不僅塑造了小皮克的身軀，他也想雕塑小皮克的言行舉止。原本這個年紀的小朋友，應該活蹦亂跳，對於這世界充滿好奇心的探索。但是老皮克可無法接受這些，他要求小皮克要像是跟他爸爸一個模子裡刻出來的，就連走路都要背著手，弓著腰，邁著慢吞吞的腳步走向學校。

小皮克開心嗎？他在學校被同學歧視、嘲笑。他想改變嗎？當然想。但是回到家，看到老皮克那又生氣又傷心的樣子，小皮克的心情又會好受嗎？這是一場拉鋸戰，不管怎麼樣，都沒有人會是贏家。

這個童話故事，不知道是寫給小孩子讀的，還是寫給大人的。我個人是能體會到作者的用心良苦，故事的寓意可能更是直接劍指家長。我們在教育的場域裡，因為更常接觸學生和家長們，其實看了許多現實生活中的「老皮克和小皮克」，而這些場面其實真的很揪心。父母的每一句：「我這樣做都是為你好」，「如果沒有我的話，你以為你是誰」、「聽我的就對了」……而現在的情況更為棘手，因為有些孩子是比較敏感的，在成長的過程中如果無法好好處理這些情緒上的矛盾，其實是很辛苦的。

我曾經遇到過一位很強勢的家長，這位女士正在跟先生辦理離婚手續，所以我能理解她情緒上的波折以及各種莫名的憤怒。或許是害怕失去唯一的兒子，她對於兒子的一舉一動都要密切掌握。這位小孩已經17歲了，但是卻沒有自己的手機，就連班上的WhatsApp群組，加入的都是這位母親。除此之外，她也不允許兒子參加各項活動，反正對於她而言學校就是來讀書的，只要考獲好的成績，還害怕沒有大學可以讀嗎？

這位17歲的孩子，就像故事中的小皮克一樣，雖然聰明，但是做事卻是唯唯諾諾、缺乏自信，就連穿著打扮也是那種乖乖仔，學校的製服長褲都被他穿成高腰褲，而鞋子則是一成不變的全白學生鞋。至於朋友呢——他的生活裡根本不存在這種生物。

換一個角度來看，這位母親只是用自己的辦法盡心盡力來培養孩子、愛孩子，因為她已經失去了生命中的一名男子，她只能更加用力地抓緊剩下的這位。但是，這位母親的用意卻成為小孩成長的最大絆腳石，讓孩子失去了通過體會獲得自己的經驗。不知道大家是否都聽過這句話：「你剪掉我的翅膀，卻怪我不會飛翔！」這也是許多小孩內心的呼喊。

身為老師，我們可以教導科目上的知識，可以導正學生的品行，但是對於家長和孩子之間的矛盾，我們往往也只能暗自嘆氣，更多時候更是無能為力，因為自己極可能也是家中老皮克，或是小皮克的一員。

「大人要學會放手，讓小孩活出自我」，說得容易，但這卻是我們生命中的必修課。

掌聲響起來

年紀過了三十之後，就會變得比較感性，不知道這是初老的症狀，還是自己的情感比較容易氾濫。我必須先要澄清一下，鳳飛飛絕對不是我年代的明星，但是這首歌曲卻是我父母那一輩的懷舊金曲，小時候我雖然不知道誰是鳳飛飛，但是一定在電視機及收音機聽過這首《掌聲響起來》，而且一定會哼上個兩句。

今年發生了兩件事，讓我體會到掌聲的力量，並且讓我聯想到這首歌曲。第一次的掌聲，是來自開學時的第一堂課。那時大概是二月的時候，上完高一新生的第一節文學課，依照慣例說聲：「來，同學們下課」。結果同學們居然鼓起掌來。真的不誇張，教室裡的同學們居然鼓起掌來。當下，我被感動得不知所措，那種感動真的就像是歌詞裡的第一段：

孤獨站在這舞台
聽到掌聲響起來
我的心中有無限感慨

如果教室的講台就是歌手的舞台，其實我們都很像，孤獨得很像，因為我們都是一個人在班上執教。很少，很少會看到有兩位老師同時站在台前授課，更別說什麼一搭一唱的組合，老師們可是說學逗唱的功夫都要一手包辦。為什麼聽到掌聲響起來，會有無限感慨呢？

首先，會有感慨，是感慨自己能夠站在這講台前授課，其實背後的付出和辛勞真的不少。每位老師在同學面前能侃侃而談的背後，不知花了多少時間培養學識，累積各項技能，才能呈現完美的一堂課。聽到這突如起來的掌聲，其實內心是被觸動的。

學生們以掌聲表達認可，我是十分感動的，因為我是被人欣賞的。這種自我認同感，會鞭策老師們做得更好，走得更遠。在獲得這種榮耀感的當下，其實也突然有所警惕，難道老師上好一堂課不是理所當然的嗎？難道這些學生以前上課都沒有這種感觸還是收獲嗎？這是我的第二層感慨。

後來才細想，可能也是我想太多了。這群高一的學生來自不同的中學，每間中學對於上課和下課時的敬禮要求各個不同，很有可能他們只是不知道要如何反應我的那一句「來，同學們下課」，慌亂之中，只好拍手鼓掌。甚至有朋友笑問，會不會是因為你的課太晚結束，所以同學們一聽到終於可以下課了，所以一致拍手歡呼。不管怎麼樣，我當然是往好的方面想，而這次的掌聲真的讓我的心更明白，一個老師在課堂上的表現，學生一定會有最直接且真誠的感受。

掌聲的力量很大，它能在寒冬中帶來溫暖，燃燒希望之火。第二次的掌聲，則是發生在今年10月。今年因為疫情的關係，許多航空業者都面臨了寒冬中的寒冬，本地新航也是受到嚴重的打擊，許多空服員都突然被迫失去了最喜歡的工作。新加坡航空雖然航班大減，但為了與支持者和客戶保持聯繫，推出了在A380的巨無霸客機舉行用餐體驗。

我參加了其中一晚的體驗活動，那個週末新航出動了兩架A380客機，並有近200名空服人員和職員自願在活動中服務和協助顧客。當天節目的重點，對我而言絕不是飛機餐有多好吃，或者飛機設備有多豪華，而是當新航的機師和空服人員身著正式制服，拖著小小的登機箱，列隊入場的那一幕，所有現場公眾馬上起身歡呼鼓掌，掌聲不斷。那種場面是會讓人感動到起雞皮疙瘩的那種，所有的人真的用盡全力鼓掌，那是一種撫慰的同理心，也是一種情感的催化劑。

我看到一位優雅的資深空服員，在掌聲中緩緩穿過人群。她的臉龐是如此優美，如此剛毅。我心想，不知道她是否還有機會等到疫情結束後，在最心愛的飛機上做著自己最喜歡的工作。在大家的掌聲中，我彷彿看到她的眼角中閃爍著淚光，不禁輕輕哼起了這段歌詞：

多少青春不在
多少情懷已更改
我還擁有你的愛

掌聲響起來，一次是別人獻給我，一次是我獻給別人。今年的兩次掌聲，讓我深刻體會到掌聲的力量，也希望大家在生活中要學會多獻出掌聲，讓生命裡的片刻感動，透過實際的行動傳遞下去。畢竟鳳飛飛不也是如此唱著：「掌聲響起來，我心更明白，你的愛將與我同在。」

謝謝您，我的老師們

溫暖的回憶

現在的學生已經不太使用臉書了，對於他們而言「臉書」就是個恐龍時代的產物，就像我們以前所聽過的「Friendster」，但固執的我還是不太願意使用Instagram，畢竟我認為臉書擁有我許多美好的記憶。關於臉書，除了分享個人與瀏覽好友們的即時動態，近年來我已經很少更新動態或者「增添好友」，但是我最喜歡的功能莫過於它「回憶」（Memories）的回顧功能。

對於「回憶」的感受，我想這需要一些歲月的累積才有所體會。年少氣盛時，總是上緊發條往前衝，對於多餘的過往情感總是喜歡拋在一旁，認為「回憶」和「感受」是多餘的。直到年過三十，彷彿內心深處有一塊柔軟的地方逐漸擴大，有時候臉書上突然看到的一則回顧，就會讓自己的心情掀起小小波瀾。最近在準備開學時，刷著臉書，版面上突然看到一則2013年的照片回顧，讓我的心頭一緊，心中暖暖的，嘴角不禁揚起。回顧上的內容如下：

俊賢：

謝謝你的幫忙與支援，無論在課堂教學或是球場上，你的盡心盡力，全情投入，與學生融合相處，諄諄善誘的態度與獻身精神，是許多年輕老師學習的榜樣。

致以深深的謝意！

祝學習愉快

吳老師　上

啊！原來這是吳老師八年前發給我的一則短訊，預祝我在教育學院裡受訓時，學習愉快。我並不是吳老師的學生，但她又的確是我的老師，一名我十分尊敬的老師。這是因為到教育學院受訓前，我曾被分發到一所中學當合約教師。在那半年裡，我最主要的任務就是學習如何當一名老師，並且體驗教師的職涯發展。而在那裡，負責教導我、陪伴我的主導老師，就是這位吳老師。

吳老師的個子小小的，但是嗓門特別雄厚，課堂管理抓得特別好。她眉間自帶一股威嚴，許多調皮搗蛋的學生，在走廊上看到吳老師時總是避而遠之，如果你想在她的課堂上頂嘴或耍性子，吳老師開罵的氣勢絕對不輸給年輕人。吳老師雖然很兇，卻特別受學生愛戴，尤其是許多我們視為頑劣的女學生，都被她一一收服，有些女學生甚至喜歡稱她一聲「吳媽媽」，甚至「吳奶奶」。

教師節的時候，她一向嚴格規定學生不准花錢送她禮物，但是我常常看到學生特地回來找她道謝。每次收到禮物時，她都會板起臉，訓斥學生不要再這樣做了，但是我知道她的內心也是暖暖的，因為有時候我發現在翻閱著學生卡片的她，眼角總是泛著淚光。反正她就是如此的「刀子嘴、豆腐心」，對我這位實習老師的教導，也是如此。

有一次主任要來觀課，看我的教學成果，並且評估我是否適合被推薦到教育學院培訓成為一名正式教師。這是一次對我很重要的觀課，吳老師並沒有特別為我加油打氣，反而嫌我在課堂上的用語「艱澀難懂」。但是她在觀課前做了一件事，讓我畢生感動。

那天，吳老師在我還未進教室前，就先把班上幾位調皮的學生留在課室外，嚴厲地訓斥一番。在教室外的我，看到這個情況也感到一頭霧水，課都還沒開始，這群學生其實都還未踏進教室一步，什麼都沒做，卻被罵了一頓。我看著幾個小男生被罵得莫名其妙，也只能摸摸鼻子走進教室。那堂課，我上得特別順利，幾個平時愛吵愛鬧的同學，都特別聽話。

吳老師用她的方式，以關心與愛護照亮著他人。我也慶幸這幾年在教書的道路上，遇到了許多貴人提攜，讓我能夠繼續保持熱情，全情投入。

即將開學了，看到臉書上的這則「回憶」，適時地鞭策我繼續敬業樂業，也讓我重溫了吳老師對於後輩的提攜和疼惜之情。回憶之情，猶如那夕陽的光，迷人且溫暖。

優點單

在教書的這幾年，每次在選取閱讀篇章的材料時都會特別用心。除了考慮文章長短要適合出考題之外，我更在乎的是這篇文章是否立意良好，能夠帶給學生們某些啟發。

我特別喜愛某一年我校考題的一篇文章，至今仍印象深刻。這篇文章其實是改寫自外國的一則小故事，題目叫作《優點單》。故事大意如下：

有一位老師教授一個學生資質較差的班，要求每個學生將其他同學的名字寫在紙上。然後，她讓學生們將他們認為最值得讚美的事情寫在每個同學名字的後面。

隨後，這位老師將每個同學得到的所有讚美整理在一張紙上，分別發給每個同學。同學們看了自己手中這張優點單後，臉上都露出了驚喜歡悅之情。這群學生收到讚美之後特別高興，因為他們從來不知道自己對於別人意味著什麼。

故事快轉到若干年以後，其中一個叫邁克的學生在戰爭中犧牲，這位老師受邀參加了他的葬禮。葬禮結束後，邁克的父母特別過來感謝老師，並且小心翼翼地拿出一張泛黃的紙條。老師一眼就認出這正是寫滿了同學們對邁克讚美之詞的那張紙。

這時另一個叫維基的學生，則從口袋中拿出錢夾，向大家展示他那張也已褪色的紙。「我將它隨時帶在身上。我想我們每個人都保存了這份珍貴的禮物，是它使我們對人對己都恢復了信心。現在許多同學都在不同的領域有所成就，我們很感謝這份優點單。」聽到這些話，老師禁不住感動落淚。

回想起來，當時我在初來乍到新加坡就讀中學時，我所遇到的第一位華文老師——莊老師也曾在班上進行過這項活動，只是當初我並不知道這就叫作「優點單」。直到我執起教鞭，讀到這個篇章想要出考題時，我的內心好像瞬間被電擊了一下，因為我突然能夠了解到身為一名老師的用心良苦。這份屬於我的「優點單」，雖然從未隨身攜帶，但是我把它框了起來，一直放在我的書桌上，隨時替我加油打氣！

如今我也一直將這句話謹記在心：「教育不只是要讓優秀的學生得到讚美，而是也要讓程度比較不好的人可以獲得信心。」當一個人有信心，被認可的時候，他就有了進步的推動力，在人生中不會輕言放棄。

其實，「優點單」有很多簡易的做法，效果也相當不錯。我建議老師們可以藉著科技平台的方便性，透過簡訊，發送客製化的「優點單」。例如今年年中在進行中四課外活動的總結時，我就透過谷歌表格（Google Form）的方式，讓同學們回答這三個問題：

一、我最想感謝的一位隊友，為什麼？
二、我最想稱讚的一位隊友，為什麼？
三、我最想鼓勵的一位隊友，為什麼？

透過平台的系統整合，老師們只需再潤飾一下學生們的回答，加上幾句鼓勵的話，就可以逐一把這份「優點單」發送給學生們。相信我，內容的長短其實無關緊要，只要是最誠摯的讚美和鼓勵，可能就是他們最珍貴的禮物。

薪火相傳的緣分

學校是一個很瘋狂的工作場所。在網路上曾經流傳這則很有趣的資訊：如何製作冰咖啡？只要讓老師在早上買杯熱咖啡，放在座位上，等到他忙完坐下來時，那杯咖啡就已經冷了。或許你會覺得這有點誇張，但我要傳達的是，老師在學校的繁忙程度真的是越來越瘋狂。我的朋友曾如此分享：老師們不是在開會，就是在開會的路上。

近年來老師們所負擔的工作量有增無減，不管是教研方面、課外活動、學生輔導等等，每個老師在學校都像只八爪魚一樣，十八般武藝盡出，都在爭取把最好的帶給學生、貢獻給學校。

你說這辛苦嗎？辛苦。但是我發現我校的很多老師都是甘之如飴的。為什麼？我覺得有兩個原因，第一個是獻身於教育的初心，第二個就是教育工作場所的環境培養。

話說那天在朝會的升旗禮，校內的一位老師在台前登高一呼，召集所有曾是本校畢業生，現在回來母校教學的老師們一起上台來唱校歌。只見底下的學生們驚呼連連：原來那些老師們是淡初（淡馬錫初級學院，Temasek Junior College）的學長、學姐！

是的，大約數了一下，在全校的教職員當中，畢業生居然占了三分之一，可以說是聲勢浩大。那天在這群老師們的帶領下，全校師生把校歌唱得特別響亮。我也被這氛圍感動，歌聲中傳遞的是一股向心力，一種傳承的力量。

印象中，我並不是一個喜歡唱校歌的人。這一生中，被校歌感動的次數不多，那天朝會應是第二次。

第一次是我就讀高二的那年，那天下午在新加坡一座室內體育館舉行的全國校際籃球賽中，我校以黑馬之姿贏得總冠軍。那天場內鬧哄哄的，大家興奮地又喊又叫簡直要把屋頂掀了起來。狂歡中，突然有人開始唱起校歌，一個接著一個，場上的我們也開始大聲地唱起校歌，把這榮耀獻給學校。那次，我記得在唱校歌時，眼眶濕潤。隔天《聯合早報》的標題如此報導：「淡馬錫初級學院20年來首次男甲奪標」。

回首十六年，歲月雖無痕，但記憶的深處卻埋藏著特殊的情感。現在的我也站在母校校園裡，但是扮演的角色卻是重疊的：我既是老師，身執教鞭在課室裡教導學前輩老師們學習如何當位好老師。師生本是一種微妙的關係，它是一個以緣分彙集而成的旅程，而我很慶幸我的旅程比較長一點。

看著升旗台前的眾多老師，我想這所學校一定有股特殊的魔力，吸引許多畢業生回去教書。有的畢業生甚至在這裡教了大半輩子，把青春奉獻於此。

這群資深老師們，教著他們曾經教過的學生們如何教學生，我覺得這是一種幸福的傳承。

你若問我，這群老師們所堅持的是什麼，我想他們秉持的信念就是「回饋、傳承」四字。

司徒先生

வணக்கம்（Vanakkam）

在學校裡，每次和司徒先生見面的第一句話，一定是上面的這句：「Vanakkam」，這句話除了英文中的「Hello」之意以外，其實還有點像是福建人每次見面打招呼時的「吃飽沒？」。他的聲音洪亮，有時候在校園聽到他的問候聲，其實整個人也都精神了起來，臉上也不禁露出了微笑。

司徒先生，是我們母語部裡的開心果，雖然他的英文能力不是特別好，但是待人謙遜有禮，對晚輩（如我）更是照顧尤佳，有時候還會特意跟我開個玩笑，跟我說聲：「Hello Sir, how are you?」，或者有時候請他幫忙設計一些淡米爾的文字遊戲時，他也會拍拍胸脯說聲：「No problem sir!」。但，其實司徒先生比我年長至少20歲，而且聽說來自印度的他，在家鄉可是一位位高權重的鄉紳。但在學校裡，不管是對同事，還是學生，他都像一抹春風，瀟灑自在，絕對不會倚老賣老，或者用一句新加坡人常說的一句話——「吊起來賣」。

我不知道這麼多年來司徒先生在新加坡工作的心情是什麼樣的，聽說他在我們學校已經服務了二十多年，雖然間中曾經一度辭職回去印度，後來又因種種原因再次回來新加坡繼續在教育界服務。偶爾閒聊時聽說，司徒先生的兩個孩子都在美國讀大學，而且畢業後的發展相當不錯，他的太太則是留在印度，幫忙打理家裡。一家四口，分隔三地，雖然這是一種全球化發展的趨勢，但是看著司徒先生獨自在學校對面的組屋租個小房間，一個人獨來獨往。有時候，我在想他的爽朗笑聲背後，是否隱藏了許多悲歡離合的心酸？

一個人在新加坡的生活，除了教書以外，要如何打發空閒的時間呢？司徒先生說，他閱讀，他寫詩。他說：「我是詩人呢」，我記得他說這句話時，眼睛是亮起來的。而我也知道他是認真的，因為很少寫詩的人會說自己是詩人，這需要多大的勇氣與深刻認知呢。

有一年在籌備母語雙週的活動時，他在會議中一時興起站起來念一下他所寫的詩。司徒先生以淡米爾語朗誦，另外一位老師幫他翻譯成英文。淡米爾語的詩句，從司徒先生口中緩慢而帶有情感地流出，有點像是佛教唱誦的古梵音，聲音在高低起伏之間傳遞著某種動人情懷。詩句分解成各個淡米爾語言的音節，我們雖無法理解文字內容，但他口中的詩句卻能帶領著大家，穿過雲層，飄洋過海到那遙遠的印度國界。

「對不起，我讀不下去了……我想家了。」

讀到第三句，司徒先生就紅了眼眶，停了下來，向大家道歉。這首詩，是他在剛來新加坡時寫給他兒子的，那時候他的兒子還小，但是司徒先生為了改善家境，讓他的家人有著更好的生活品質，在某種程度上，他割捨了親情，隻身來到新加坡。一眨眼，時光就這樣流逝了，而且流逝的還可能不只是時光，這才是他詩背後的無限唏噓。

「我想家了。」

2021年的4月12日，司徒先生正式辭職，離開學校，離開新加坡了。因為疫情的關係，他已經很久沒回家了，他告訴我們，他很想家。

這幾天的新聞報導標題皆是：「印度疫情屢創新高」、「印度新冠確診單日過40萬再破記錄」等等的壞消息。我在心裡祈禱，司徒先生在印度一切安好，在那裡與妻子歡樂團聚，繼續閱讀、繼續寫詩，更期待有朝一日再次聽到他的「Vanakkam」。

彭老師與紅樓夢

《紅樓夢》是古典小說中第一部大規模地利用作者個人及家族生活經歷為寫作基礎的小說。它跟純虛構的小說和純紀實文學雖然都不相同，卻也都有相同的一面。我知道這樣說起來很「虛幻」，但是依照作者曹雪芹的說法就是「假作真時真亦假，無為有處有還無」。真實的和虛構的分不清楚，真實和夢幻也分不明白，可謂古典文學章回小說中的不朽經典。

在這虛實之間，曹雪芹透過他的文字，要把整個大家族夢幻般的生活經歷描寫出來，但又不想那麼直接地、赤裸裸地呈現在讀者面前。小時候聽說過《紅樓夢》，也看過《紅樓夢》的電視劇，但是第一次認真閱讀《紅樓夢》，則是在初級學院（簡稱：初院）修讀語文特選課程（簡稱：語特）的時候。

在初院的那兩年，彭悠兒老師專教我們四十回的《紅樓夢》。雖然《紅樓夢》開篇就說道「世事洞明皆學問，人情練達即文章」，但要了解四十回的《紅樓夢》內容，對我們這群十七八歲的小毛頭還真的是有點挑戰。因為不管是寶玉和黛玉的兒女情長，還是歷史政治裡的秘密與陰謀，對我們來說都太過遙遠，但在閱讀中又懷有某種憧憬，希望自己能在大觀園裡身歷其境。

有一句話說：「少不讀紅樓，老不讀三國」。意思無非是，年輕時候心性還不定，讀了《紅樓夢》這本書可能會沉浸在男女之間愛恨情仇，一心幻想風流之事，忘卻進取之意。嚴重的話，甚至會在情感上擁有過度的幻想，以致走上「尋仇覓恨」、「似傻如狂」、「偏僻乖張」的道路。所以這時候，教導《紅樓夢》的老師就相當重要。

彭老師上課時並不照本宣科，以前也沒有什麼課堂簡報（PPT），她也甚少使用板書。上課時，她喜歡結合古文內容與人生觀，緩緩訴說著一回又一回的故事情節。不知道為什麼她教《紅樓夢》有種特別的吸引力，不管是鳳姐的「未見其人先聞其聲」，還是賈母袒護孫子時的氣勢「先打死我，再打死他，豈不乾淨了」，在她的敘述下，各個書中的場景皆躍然於紙上。

我們聽課聽得很精彩，但是說實在的，不管是寶玉的多情，還是黛玉的柔情，年輕的我們都不懂，只覺得很矯情。為什麼不要敢愛敢恨，喜歡一個人就直接表白在一起不就好了嗎?而每次我只要讀到「良辰美景奈何天，賞心樂事誰家院」時，都會感到肚子餓，轉頭問旁邊的同學「良辰美景」不是那間賣蛋撻和菠蘿包的嗎?結果每次都被糾正那是牛車水的「良辰美點」。

彭老師教的《紅樓夢》很精彩，因為她的想法十分開明，再加上宗教上的修養，有時講到一些帶有情慾描寫的章回如〈戀風流清友入家屬　起嫌疑頑童鬧學堂〉或者〈王熙鳳毒設相思局　賈天祥正照風月鑑〉時，她也能侃侃而談，毫不避諱，結果感到害羞的反而是學生們。

《紅樓夢》的課很輕鬆，因為彭老師教得很有啟發性，但是考《紅樓夢》時我們都很痛苦，因為每次作答幾乎都是「滿紙荒唐言」，讓彭老師改得「一把辛酸淚」。現在回想起來，當時的自己還真是「苗而不秀」。對了，我還記得當時只要有同學請病假沒來上課，我們總喜歡在彭老師的面前上演一場：「你就是那傾國傾城的貌，我就是那多愁多病的身」戲碼，還好彭老師早已見怪不怪了，只會笑笑說我們都中了《紅樓夢》的毒。

畢業後的這幾年，陸陸續續還是有與彭老師聯絡，不管是生活上還是職場上，她都一直在關照我。如果你說《紅樓夢》對我有什麼益處?我想，最大的益處就是讓我讀到了第一回中的《好了歌》[3]，以及讓我遇到了一位好老師。

註釋：

[3]《好了歌》

世人都曉神仙好，惟有功名忘不了！
古今將相在何方？荒塚一堆草沒了。
世人都曉神仙好，只有金銀忘不了！
終朝只恨聚無多，及到多時眼閉了。
世人都曉神仙好，只有姣妻忘不了！
君生日日說恩情，君死又隨人去了。
世人都曉神仙好，只有兒孫忘不了！
痴心父母古來多，孝順兒孫誰見了？

優雅的擺渡人

世界上最幸福的工作是什麼？

每個人都有不一樣的答案，但是我覺得世界上最幸福的工作，一定是位「擺渡人」。

什麼是擺渡人呢？擺渡人的原意就是指在渡口碼頭用船為人家提供交通服務的人。簡易來說，就是一位船夫，用船把人從此岸送到彼岸的人。

試想想，一位身處在桃花源境的船夫，每日工作的環境依山傍海，逍遙自在。他的工作雖然簡單，但是意義重大，沒有了擺渡人，如何把有需要的人從此端送到彼端。到了目的地，擺渡人的責任了了，又開始撐起船槳，吆喝一聲，回到原點等待下一個有緣人。

周而復始，擺渡人從不在乎目的地，更不在乎乘客到了目的地後是否會感激他，他就是如此輕安自在，但又從事著如此有意義的工作，才會如此幸福。

2020年的12月，中國有一則關於教育的新聞特別引人注意。標題如下：學生渡口的「擺渡人」：七年堅守，老師擺渡接送學生。細看了一下新聞內容，原來是湖北有個學生專用渡口，自2014年渡口建好後，當地小學的三位老師先後經過培訓，取得船員證書，成為學生們專屬「擺渡人」。他們三人輪流掌舵，每天五點半開船，早晚近四個小時往返接駁三百多名小學生上學，七年裡始終堅持如一。

這三位老師的愛心、用心和耐心，讓學生們可以平安順利上學，真的是「擺渡人」中的經典範例。看完這則新聞我不禁反觀自省，自己在教學的道路上是否也有成為別人的「擺渡人」呢？

或許我還在努力中，但是在現實生活中，我很感激遇到了這位職場中特別照顧我，也特別有緣分的「擺渡人」。

這位老師是我目前所任職學校的直屬上司，也就是所謂的RO（Reporting Officer）。剛分發到這所學校的時候，就是由她負責帶領我這位職場新鮮人。不管是從教師的座位安排、班級的分配，部門任務，還是學校行政的方方面面，都是由這位老師手把手的教導和陪伴，讓我少走了很多冤枉路。

剛開始教書的時候，我想許多新進老師們都會遇到一個問題：作文的分數要如何評改。我們都知道雖然作文是有評分標準的，但是32分的作文和35的作文差別又在哪裡?這把尺可是很難去拿捏的。為了解決我心中的疑惑，我在改作文時，都會先用鉛筆改一次，然後把分數抄寫在另一紙，接著再請她看一次作文，看她如何打分。如果RO的分數和我原本所打的分數有落差，就可以拿出來討論，從中學習。

正是因為這種學習方式，我從她的身上學會如何批改作文，如何認真對待每一份學生的作業。批改作業也是一種師生互動，老師們越認真批改，同學們也就會越認真書寫，這是我最大的啟發。批改作文，不一定是修改病句，調整文章框架，有時候當同學們把心聲寫進作文時，老師也可以透過文字加以互動。

把記憶的河流再往前推個五年，當我準備升大三時，參與了教育部的第一屆教學實習計畫（Teaching Internship），為期十周。那一次我也是回到這間學校，遇到這位後來的RO，作為我當時實習計畫的負責老師。那時候的我，主要是協助教材的編寫，以及跟著老師進教室學習課堂教學和課堂管理。十周的時間，說長不長，說短不短，印象最深刻的則是課外活動的一件事情。

那時候的RO所負責的課外活動是華樂團，學生人數很多，事情又雜，剛好又遇上舉辦校外演奏會，以及校內露營的時段。在她的身上，我看到一位老師的多面性和韌性，原來一個課外活動的老師是如此重要，工作是如此繁忙。那時候，時下的年輕人流行在露營活動搞個「驚魂之夜」（Fright Night），就是把學校變成一個大型鬼屋，進行「膽量訓練」。那年華樂團的驚魂之夜舉辦得十分成功，嚇破了好多人的膽，包括我在內。大家的驚叫聲可以說是鬼哭神嚎，而下場就是校園隔壁的住戶紛紛打來學校投訴，說我們的學生活動「十分擾鄰」。

隔天一早，校長就來個「深沉的關切」。有些老師的做法，就是對學生進行檢討，或者把玩瘋的學生們訓斥一頓，然後上報學校以便了事。但是當時的她，卻只是安撫了華樂團的學生，然後說沒事，我來承擔。她隻身走進了學校辦公室，跟學校的領導們說這是她的錯，沒有盡好教師監督的職責，她會好好改進，這次她負全責，然後低頭道歉。當下我看到一位老師勇於承擔的魄力，而華樂團的主要成員們在知道這位老師的處理方式，更是哭成了一團。這位老師不僅會帶人，還會帶心。

把記憶的河流再往前推多一個五年。我那時候17歲，是初級學院的高一學生，講台上的老師正在教授古文。那時學的篇章是《孔雀東南飛》，是中國文學史上第一部長篇敘事詩文，全篇340多句，2260字，在那個沒有科技輔助教學的時代，只見台上的這位女老師口若懸河地講解這篇課文，而且講得很精彩，絲毫不沉悶，讓我們聽到欲罷不能。後來這篇《孔雀東南飛》更成為我的心頭愛，在大四要寫榮譽學位的畢業論文時，我就訂下了《悲歌一曲撼千古——蔡琰〈悲憤詩〉與〈孔雀東南飛〉之比較》，會那麼喜歡古典文學，可以說是受到這位老師的影響。

對了，這位在高中教導我古文的老師，在我參與教師實習時所遇到的華樂團老師，以及我目前在學校的直屬上司，皆是同一位，她就是蔣慧老師。在我人生的每一個階段，她就像一位「擺渡人」一樣，把我從一個地方送到另一個地方，不急不緩。在職場中當我急躁地想趕往下一個階段時，她卻仍然溫柔地、優雅地撐著船舵，以她的智慧和經驗，穩穩地領著我到下一個目的地，然後又微笑祝福轉身離去。

有一年，我請了長假回去台灣服兵役，離開學校前她寫了一份情感真摯的感謝信，是對我的祝福，也是表達她的不捨。一年後，當我回到學校辦公室時，她聽到我的聲音馬上說聲：「俊賢，你回來了啊」，雖然語氣緩和，但我知道她是期待的。過了半年，由於工作上的調整，我轉換到另一個部門。在交接工作之際，她說她真的、真的不捨得，但——這是為了我好。然後，她又撐起竹篙，再次返航等待下一個有緣人。

蔣慧老師，正是如此優雅的一位「擺渡人」，我十分感激生命中遇到這麼好的一位老師，如果這輩子，我有機會做別人的「擺渡人」，一定是受到她的啟發和鼓勵。

後記

請溫柔以對◎李俊賢

有一句話很流行，叫作：「這一生，你想留下什麼？」對我而言，在目前這個階段來探討一生，雖然不會太早，但還是有點太遙遠。我且把人生的藍圖縮得小一些，如果以畢業後的第一份工作為一個檢討目標，我的確很想知道這幾年在教育的這條道路上，我想留下什麼？我又已經留下了什麼呢？

我思索許久，仍覺得這個答案很難把它具體化，我既不是什麼得獎教師，也不是什麼明日之星。與其說這幾年的教學生涯讓我留下了什麼，不如說我得到了什麼，然後，我覺得這更難回答了，因為我得到太多、太多、太多了。（笑）

從小學生到大學生，每一個年齡層的學生，我都教過，而且我都教得很開心，而且教得很好（這點信心我還是有的）。華文教學之外，我在課外活動中還負責籃球訓練、帶領球隊出國比賽。這些在課室裡、球場上的經歷和體驗，讓我得到太多的回憶和笑容。而這些美好的養分，我希望可以透過文字分享給大家，所以才會有這本散文集《教學不易，請溫柔以對》的構思和出版。

關於教育，有許多至理名言，有些人說，「好的教育，就是留給學生一個夢」；有些人說，「教知識，不如啟發智慧」。教學的口號千千種，但只有置身在教學場域之中的老師們，才知身處其中的苦與樂。

教書育人、育人教書，許多人對於老師們有著各種期待與冀望。有時候這些過高的要求卻壓垮了許多好老師。正因為教學不易，我更希望大家在讀完這本書以後，不管你的身份是家長、學生、同事、還是某一個剛好看完這本書的老師，希望你能夠開始對身旁的老師們或者對自己——溫柔以對。

漫畫彩蛋

^_^

討分數的三類學生

〈考卷上的那一分〉| 頁 34

用心良苦

〈有禮貌地沒有禮貌〉| 頁 46

小驚喜

〈製造小驚喜〉| 頁 58

另類直播主

〈當老師化身「直播主」〉| 頁 63

老師討厭聽到的話
「老師的工作很輕鬆」
你想來當老師試試嗎？
「你的薪水是我納稅的錢」
我們也有納稅的好嗎？
「補習班不是這樣教的」
你的補習班這麼厲害，為什麼你的成績……
好難

〈一句話惹怒你職業〉| 頁 94

上有政策，下有對策

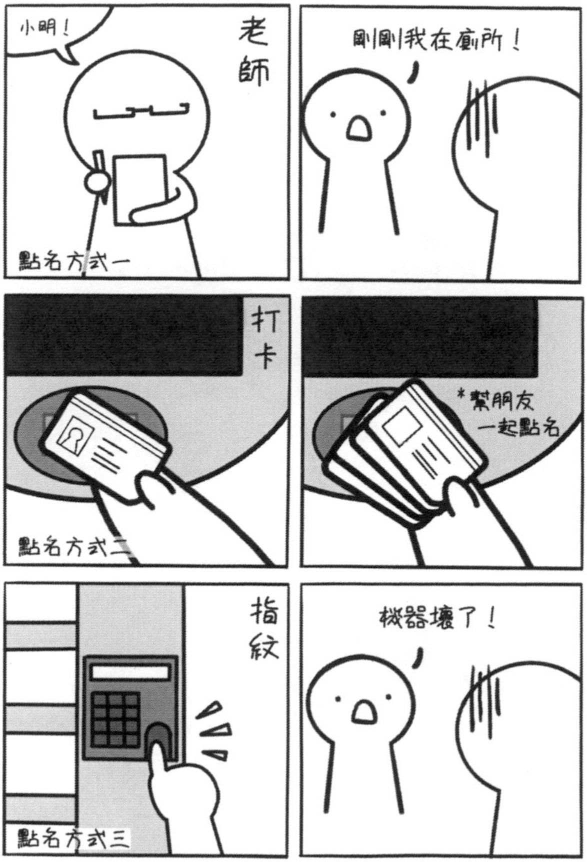

〈多疑且溫柔〉｜頁 101

〈慶典的背後〉| 頁 104

實習老師

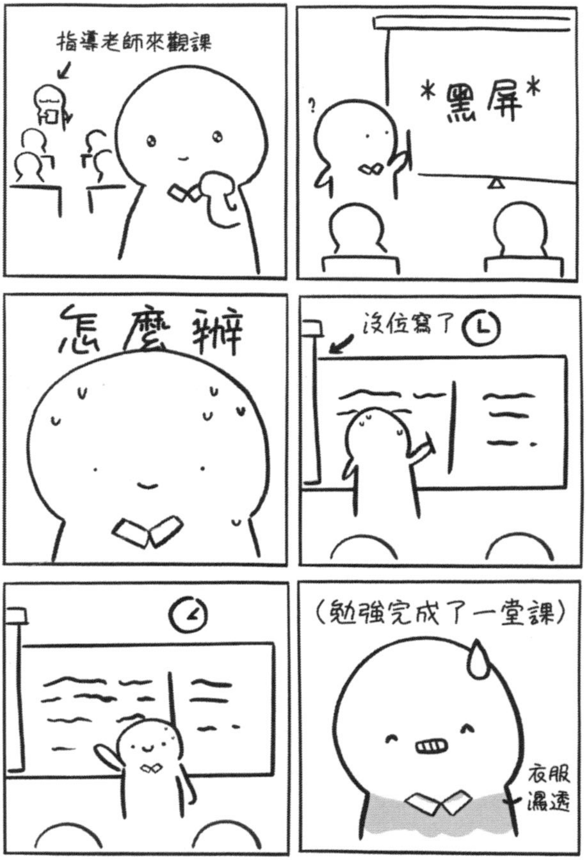

〈課堂上的挫折〉| 頁 111

雲吞麵

英文：wanton noodle
拼音：yún tūn miàn

1. 雲「吞」麵

2. "one ton" noodles

〈那一晚，一碗雲吞面〉| 頁 117

〈薪火相傳的緣分〉| 頁 143

新加坡國家圖書館出版品預行編目（CIP）資料

National Library Board, Singapore Cataloguing in Publication Data
Name(s): 李俊贤 .
Title: 教学不易，请温柔以对 / 李俊贤 .
Other Title(s): 舞雩咏归 ; 001.
Description: Singapore : 新文潮出版社 , 2021. | Text written in traditional Chinese scripts.
Identifier(s): ISBN 978-981-18-1879-0 (Paperback)
Subject(s): LCSH: Singaporean prose literature (Chinese)--21st century. | Chinese prose literature--21st century. | Teachers' writings, Chinese --Singapore. | Teaching--Singapore.
Classification: DDC S895.14--dc23

舞雩詠歸 001
教學不易，請溫柔以對

作　　者　李俊賢
總　　編　汪來昇
責任編輯　洪均榮
美術編輯　陳文慧
漫　　畫　李欣霖
校　　對　李俊賢　洪均榮　汪來昇
出　　版　新文潮出版社私人有限公司
　　　　　TrendLit Publishing Private Limited (Singapore)
電　　郵　contact@trendlitpublishing.com

中港台發行　秀威資訊科技股份有限公司
地　　址　台北市內湖區瑞光路 76 巷 65 號 1 樓
電　　話　+886-2-2796-3638
傳　　真　+886-2-2796-1377
網　　址　https://www.showwe.com.tw

新馬發行　新文潮出版社私人有限公司
地　　址　366A Tanjong Katong Road, Singapore 437124
電　　話　+65-6980-5638
網路書店　https://www.seabreezebooks.com.sg

出版日期　2021 年 10 月
定　　價　SGD 22 ／ NTD 300

建議分類　現代散文、新加坡文學、當代文學

老師
我求你